LES SILLONS DE VERRE

LES SILLONS DE VERRE

Les Silences du Val — Tome 2

ÉDITIONS
DOUCES

A. MORIN

L'HÉRITAGE DU TOME I

LE DRAME FONDATEUR

Il y a plusieurs années, la mort de Lise Morlaix a fracturé Montreval. Le procès est passé, les peines ont été purgées, mais le silence est resté.

CEUX QUI RESTENT (La situation actuelle)

- Jean Morlaix (L'Horloger) : Le père de la victime. Il vit toujours rue des Orfèvres, dans son atelier. Il a choisi de ne pas céder à la haine. Il répare des mécanismes anciens pour donner un sens au temps qui continue sans sa fille. Il a fini par accepter qu'Antoine respire le même air que lui.
- Antoine Sorel (L'Homme à tout faire) : L'ancien condamné. Il est revenu à Montreval après sa peine, là où personne ne l'attendait. Il a trouvé un poste d'agent d'entretien au Lycée. Il rase les murs, parle peu, et répare ce qui est cassé pour payer une dette invisible.

LE LIEN

À la fin du premier récit, une paix fragile s'est installée entre ces deux hommes. Ils ne sont pas amis, mais ils sont les gardiens d'une mémoire commune. Ils tiennent debout, chacun de leur côté du vide.

Dépôt légal : — mars 2026 —
ISBN : 979-10-979037-6-3
Impression : Impression à la demande par Amazon

Auteur : A. Morin
Éditeur : Éditions Douces
SIREN: 819 039 223
Adresse : 35 680 Louvigné-de-Bais, France
Contact : Morin@EditionsDouces.fr

Cher lecteur,

Montreval retient tout. La pluie, le brouillard, et les silences qu'on n'ose pas briser. C'est un endroit où l'horizon est bouché, obligeant les habitants à se regarder les uns les autres jusqu'à l'insupportable.

J'ai eu du mal à rester entre ces murs. Il m'a fallu du temps pour écrire ces pages, parce qu'elles ne sont pas faites que d'encre. Elles sont empreintes de choses qui existent pour de vrai, juste de l'autre côté de nos vitres : la manipulation douce, l'isolement, et cette violence qui ne laisse pas de bleus mais qui casse tout à l'intérieur.

J'ai dû m'arrêter souvent. J'ai pleuré, parfois, en voyant mes personnages s'enfoncer, impuissant à les retenir parce que leur logique était implacable. Ce livre est une histoire de distorsion, mais la douleur, elle, est réelle.

Bienvenue à Montreval. Il y fait froid, mais c'est un froid qui oblige à chercher la chaleur là où elle reste.

SOMMAIRE

PROLOGUE

Montreval ne se pose pas ; il se cramponne. C’est un village d’équilibriste, une coulée de toits en ardoise sombre qui semble avoir glissé le long de la pente avant de s’arrêter net, les griffes plantées dans la roche, juste au bord du vide. Ici, la verticalité n’est pas une architecture, c’est une menace.

En ce lundi matin de novembre, le ciel pesait sur les versants avec une lourdeur d’océan. La lumière peinait à traverser la couche nuageuse, arrivant au sol filtrée, tamisée, comme si le monde entier avait été plongé sous dix mètres d’eau froide. Les façades des maisons suaient l’humidité et les pavés luisaient d’un éclat gras, glissant. Les gouttières, saturées par le déluge qui s'abattait depuis l'aube, ne parvenaient plus à drainer l'eau ; elles dégorgeaient en cascades bruyantes, transformant les caniveaux en torrents de boue.

Le vent ne soufflait pas, il tranchait. Il hurlait en rafales tempétueuses, propulsant des rideaux de pluie à l’horizontale qui mitraillaient les volets clos. Il s’engouffrait dans les ruelles étroites comme une lame invisible, sifflant contre la pierre, faisant vibrer les fenêtres avec une régularité de métronome fou.

Tout en haut, dominant ce chaos minéral, le Lycée de Montreval trônait comme une anomalie. Une structure moderne de béton et, surtout, de verre. D'immenses baies vitrées qui absorbaient le paysage morne pour ne renvoyer qu'un reflet sombre et déformé. L'édifice n'avait pas l'air d'un lieu d'enseignement, mais d'une serre hermétique où l'air ne circulait pas.

Marianne Dubois aimait cet endroit. Ou plutôt, elle aimait l'idée qu'elle s'en faisait.

De l'autre côté de la grande paroi du Centre de Documentation et d'Information (CDI), le monde extérieur n'était qu'un spectacle muet. C'était là son bocal. À quarante et un ans, Marianne avait appris que la vie réelle manquait cruellement de structure narrative. Ici, dans ce silence feutré, sous la lumière artificielle des néons qui donnait à sa peau une pâleur de cire, elle se sentait protégée. Immergée.

Elle retira ses lunettes. C'était un tic, presque une superstition. Elle sortit le petit carré de microfibre de sa poche et commença à frotter les verres. Elle frottait avec une énergie nerveuse, circulaire. Elle voulait ôter cette buée tenace qui semblait toujours s'interposer entre elle et la réalité. Elle cherchait une transparence absolue, ignorant que le verre n'est jamais vraiment invisible ; il a toujours une épaisseur, une densité trouble qui tord les images.

Elle remit sa monture en place. Le CDI redevint net. Il était 8h15. La sonnerie n'avait pas encore retenti. L'espace était vaste, aseptisé. Les tables en stratifié clair s'alignaient, impeccables. Le silence était dense, une eau stagnante que Marianne ne voulait surtout pas agiter.

Elle se sentait bien, bercée par cette torpeur. En bas, dans le village, les gens s'agitaient, luttaient contre le froid. Elle, elle flottait. Elle se savait "trop sensible" pour la rugosité du dehors. Elle attendait. Elle guettait une ondulation dans le calme plat de son existence, quelque chose qui viendrait enfin briser la surface lisse de l'ennui.

Elle commença sa ronde matinale, ses pas étouffés par le sol plastifié, glissant entre les rayonnages comme une ombre dans les grands fonds.

C'est sur la table du fond, celle dissimulée par le rayon "Sciences Humaines", qu'elle le vit. Un livre était posé là, légèrement de biais. Il n'était pas rangé. Ce n'était rien d'imposant, mais cela brisait la symétrie. Marianne s'approcha pour le remettre en place. En le soulevant, une feuille s'en échappa et glissa sur la table.

C'était une page à carreaux, arrachée grossièrement d'un cahier. Le bord gauche était dentelé, une morsure irrégulière qui jurait dans cet univers où tout était rectiligne. Marianne la saisit. Une sensation étrange l'envahit, un mélange de malaise et d'attraction, comme face à un abîme. La feuille était pliée en deux. Dessus, rien. Elle aurait dû la jeter. C'était la procédure. L'ordre avant tout, aucune scorie, aucun objet flottant.

Mais Marianne ne la jeta pas. Elle l'ouvrit.

L'écriture était fine, serrée, incisive. Le stylo avait appuyé fort, creusant le papier, laissant des sillons profonds, presque des cicatrices. Elle lut :

« On ne voit pas la vitre, on sent seulement le froid quand on s'y colle. Je suis né du mauvais côté de la transparence. Ici, l'air est raréfié, il a ce goût de poussière et de craie qui assèche la gorge. Je regarde les autres, dehors, ceux qui respirent sans y penser, ceux qui marchent sans craindre de se cogner à l'invisible. Moi, je suis l'insecte idiot, celui qui bourdonne contre la surface lisse jusqu'à l'épuisement, fasciné par une lumière qu'il ne pourra jamais toucher. Mes ailes sont froissées, non pas par le vent, mais par l'étroitesse de la cage.

Le Gardien veille. Il n'a pas besoin de barreaux, il a sa colle. C'est une substance silencieuse, faite de regards qui vous fixent jusqu'à la paralysie, de mots tranchants comme des scalpels qui dissèquent vos fautes avant même que vous ne les commettiez. Il ne veut pas me tuer, c'est trop rapide. Il veut me voir me débattre au ralenti, conservé dans le formol de son autorité, exposé comme un trophée de ce qu'il a brisé.

Alors il ne reste que la chute. C'est la seule liberté de l'objet cassé. Je rêve du bruit que fera le verre en explosant. Ce sera un son magnifique, un cri minéral, une symphonie de tessons qui prouvera enfin que la cloison existait. Si je saute, est-ce que le Gardien aura peur ? Est-ce que les éclats lui couperont les mains ? Ou bien balayera-t-il juste les débris du bout de sa chaussure cirée, comme on écarte un insecte mort qui tache le parquet ? Bientôt, je sauterai. Juste pour voir si, en tombant, je pèse enfin quelque chose. »

Marianne relut les mots, le souffle coupé. L'atmosphère du CDI sembla se figer. La pression de l'air changea, se faisant plus lourde sur ses tympans, comme si elle descendait en profondeur.

Un frisson remonta le long de ses bras. Ce n'était pas de la peur. C'était une reconnaissance foudroyante. *« La colle du Gardien »*... Elle voyait la substance visqueuse, le piège. Elle voyait cet homme rigide qui voulait figer la vie. Et cet *« insecte »*... L'image résonnait en elle avec une violence inouïe. Elle aussi se cognait, jour après jour, contre l'indifférence des parois. Elle aussi se sentait incomprise, trop vaste pour ce bocal.

Elle leva les yeux vers la salle vide, scrutant les reflets sombres des baies vitrées. Qui ? Quel élève avait cette voix ? Quelle âme sœur, perdue dans la brume de l'adolescence, possédait une telle lucidité tragique ?

Son regard tomba sur le téléphone fixe. Le devoir. Appeler la Vie Scolaire. Signaler un risque suicidaire. Le protocole. Elle imagina la suite : ils enverraient des adultes aux semelles lourdes, des bureaucrates qui piétineraient tout avec leurs formulaires. Ils allaient traiter ça comme une « crise », une pathologie à soigner à coup de convocations et d'infirmerie. Ils allaient prendre ce texte sublime et le salir. Ils allaient effrayer l'oiseau rare, le briser pour de bon.

Non. Elle ne pouvait pas laisser faire ça. C'était impensable. Elle seule avait la finesse pour comprendre.

Elle seule voyait la poésie derrière la menace. Ce n'était pas un rapport d'incident qu'elle tenait entre ses mains, c'était le début d'une œuvre. Le destin lui tendait enfin un miroir, une chance de prouver qu'elle servait à quelque chose. Elle devait le protéger. Elle devait être celle qui ouvre la fenêtre.

Marianne retourna à son bureau, le cœur battant, l'estomac noué par une excitation qui ressemblait à de l'ivresse. Elle prit son stylo plume. L'encre était sombre, abyssale.

Elle revint vers la table du fond. La lumière glauque du dehors frappait la feuille blanche, lui donnant l'aspect d'un éclat d'os. En dessous des mots de l'inconnu, elle écrivit d'une main qui tremblait à peine, scellant le pacte :

« La vitre peut s'ouvrir. Je suis là. »

Elle ne laissa pas la feuille en évidence sur le formica. D'un geste prémédité, elle la glissa à nouveau entre les pages du livre, refermant le piège de papier. En caressant la couverture, elle eut une certitude absolue : cet ouvrage n'était pas froid. Il gardait une trace de chaleur infime. Il venait d'être posé là, une offrande encore tiède, abandonnée il y a quelques minutes à peine. L'insecte n'était pas loin.

Dehors, la pluie commença à tomber, une pluie fine et glacée qui vint rayer le verre, brouillant encore un peu plus la vision du monde réel. Marianne sourit à son propre reflet fantomatique. L'histoire avait commencé.

ACTE I – LA SURFACE – CHAPITRE I

Le lendemain, l'alerte, orange avait été levée, mais la pluie n'avait pas cessé. Elle avait simplement changé de consistance, passant de l'averse battante à une bruine vicieuse, presque invisible, qui vernissait le monde d'une couche de gelée grise. Au CDI, l'air avait cette densité particulière des lieux clos où le silence s'entasse depuis des années.

J'étais assise à mon bureau, trônant au centre de mon aquarium. Je portais un chemisier en soie crème, un choix risqué pour une journée si maussade, mais j'estimais que la beauté était un devoir, surtout ici, dans ce temple de la médiocrité adolescente.

Je n'avais pas encore osé retourner vers le rayon « Sciences Humaines ». Pas encore. Il fallait laisser le temps au piège de fonctionner. Si l'insecte était venu récupérer ma réponse, la place serait vide. S'il ne l'avait pas fait… Non, il l'avait fait. Je le sentais. Une vibration électrique me parcourait l'échine depuis mon réveil, cette certitude délicieuse que le destin venait enfin de frapper à ma porte.

La lourde porte à battants du CDI s'est ouverte violemment, brisant ma rêverie. J'ai sursauté, prête à foudroyer l'élève indélicat qui osait troubler la quiétude des lieux. Mais ce n'était pas un élève.

Un homme est entré, pliant légèrement l'échine sous le poids d'un carton de livres neufs. Il est entré d'un pas lourd, ses bottes de chantier couinant sur le sol thermoplastique. L'eau ruisselait sur sa parka sombre, laissant une traînée de gouttes sales derrière lui. C'était Antoine Sorel. L'agent de maintenance.

J'ai retenu un soupir, mais j'ai ajusté aussitôt mes lunettes. Je l'ai observé approcher. Il avait cette beauté brute, un peu vulgaire, des hommes qui ne savent pas quoi faire de leurs mains quand elles ne portent pas de charges. Il a traversé la salle sans un regard pour les rayonnages, le visage fermé, la mâchoire serrée. Il a posé le carton sur le bureau de prêt avec un bruit sourd qui a fait trembler mon pot à crayons.

— Livraison, a-t-il grogné. Il me faut une signature.

Il était en nage. Une goutte de sueur a glissé le long de sa tempe pour se perdre dans le col de son pull. Il respirait fort, la poitrine se soulevant à un rythme saccadé. Moi, je n'ai pas vu la fatigue. Je n'ai pas vu les trois étages montés sans ascenseur ni l'agacement d'un homme qui a trop de travail et pas assez de temps. À travers le filtre de mes verres correcteurs, j'ai vu une intensité. Une urgence.

— Vous êtes trempé, Antoine, dis-je d'une voix que je voulus douce, maternelle mais teintée d'une élégante distance. Vous devriez faire attention. On attrape la mort, dans ces couloirs.

Antoine s'est essuyé le front du revers de la manche, un geste maladroit qui m'a fait sourire intérieurement. *Le bon sauvage*, pensai-je. Si brut. Si désarmé face à la culture.

— C'est juste de la pluie, madame Dubois. Le bon de livraison ?

Il m'a tendu le papier froissé. J'ai pris mon temps. J'ai décapuchonné mon stylo-plume, l'encre noire brillant sur la plume dorée. Je sentais le regard d'Antoine posé sur moi. J'imaginais ce qu'il devait penser : cette femme calme, lettrée, qui régnait sur ce royaume de papier alors que lui n'était qu'un porteur d'eau. Je devinais chez lui une admiration muette, peut-être même un trouble. Pourquoi respirerait-il si fort, sinon ?

— Vous avez l'air… tourmenté, murmurai-je en signant d'une arabesque parfaite.

Antoine s'est figé. Il m'a regardée, les sourcils froncés, comme si je venais de lui parler dans une langue morte. Puis, ce tic, celui que j'avais déjà remarqué. Il s'est mordu la lèvre supérieure. Il l'a mordue fort, jusqu'à blanchir la peau. Pour moi, c'était un aveu. La marque d'une passion contenue, d'un mot qu'il n'osait pas dire.

— J'ai mal au dos, a-t-il lâché sèchement en reprenant le papier.

Il a tourné les talons sans attendre de réponse, fuyant cette atmosphère ouatée qui semblait l'étouffer. Je l'ai regardé s'éloigner, satisfaite. J'aimais cet effet que je produisais sur les gens simples. Je les intimidais. J'étais leur miroir, et ils ne supportaient pas leur propre reflet face à tant de sophistication.

La porte s'est refermée, et le silence est retombé, plus épais encore. J'ai attendu quelques secondes, savourant le calme retrouvé. Puis, le cœur battant à nouveau la chamade, je me suis levée. J'ai lissé ma jupe, vérifié que personne n'était entré derrière Antoine, et je me suis engagée dans les allées.

J'ai dépassé le rayon Fiction, ignoré les Dictionnaires, et glissé vers le fond, vers les Sciences Humaines. Là-bas, la lumière du néon grésillait légèrement. Le livre était là. *Psychologie des foules*. Un ouvrage austère que personne n'avait emprunté depuis 1998. Je me suis approchée.

J'ai retenu mon souffle. Le livre semblait avoir bougé. De quelques millimètres à peine. Un décalage infime que seule une archiviste pouvait repérer. D'une main qui tremblait, j'ai saisi l'ouvrage. Je l'ai ouvert. La page que j'avais laissée la veille, avec mes mots d'encouragement avait disparu. À la place, une nouvelle feuille à carreaux, pliée en quatre, avait été glissée contre la reliure.

J'ai senti une bouffée de chaleur me monter aux joues. Ce n'était plus de l'ennui que je ressentais. C'était de l'ivresse. Je n'étais plus seulement une documentaliste dans un lycée de province. J'étais l'élue. La confidente.

J'ai déplié le papier. L'écriture était la même, nerveuse, incisive, comme gravée au scalpel :

« Tu dis que la vitre s'ouvre. C'est une erreur d'optique. Tu es du côté respirable. Tu observes l'expérience, mais tu ignores ce que c'est que l'asphyxie sous vide. Lui, il connaît la pression. Le Gardien. Il ne marche pas, il patrouille. Son rythme est celui d'une horloge qui ne tolère aucun retard. Ce matin, il m'a scanné. Il n'a rien dit. Il a juste calculé le point de rupture. Il sait exactement à quel endroit la matière va céder. As-tu déjà vu un insecte épinglé ? Les pattes bougent encore, par pur réflexe nerveux. C'est fascinant, cette mécanique du déni. On croit qu'il lutte. Mais il est déjà mort. Il ne le sait juste pas encore. »

J'ai relu le texte deux fois. « Le Gardien ». Une silhouette s'est imposée immédiatement à mon esprit. Pas un nom, pas encore, mais une posture. Celle de cet homme sanglé dans des costumes trop stricts, boutonné jusqu'à l'étouffement. Celui qui arpentait les couloirs avec la rigidité d'un automate et dont le silence pesait plus lourd que les cris dans les salles de classe. Cet enseignant qui ne notait pas, mais qui *tranchait.*

Tout s'emboîtait.

J'ai levé les yeux vers la baie vitrée du CDI. Dehors, dans la cour noyée de brume, une forme traversait le bitume sous un parapluie noir. Droite. Mécanique. Une ombre en cravate qui semblait lutter pour ne pas se briser.

J'ai plaqué la lettre contre ma poitrine. Un frisson, mélange de terreur et d'excitation morbide, m'a traversée. J'avais trouvé mon monstre. Maintenant, il me fallait sauver la victime.

CHAPITRE 2

Depuis mon poste d'observation au CDI, je dominais la cour. Il était 10 h 5. La pluie, fine et serrée, tissait un rideau grisâtre entre mon monde et le reste du lycée. J'aimais cette distance. Le CDI était mon bocal, un espace feutré, chauffé, préservé de la vulgarité des courants d'air. Ici, rien ne dépassait. J'avais passé la dernière heure à réaligner les chaises millimétriquement, chassant le désordre laissé par la horde de la récréation précédente. J'ai besoin que les lignes soient droites ; le chaos du monde m'est physiquement insupportable.

De l'autre côté de la grande baie vitrée, le bâtiment administratif me faisait face. Au premier étage, les fenêtres de la salle 104 brillaient d'une lumière artificielle, clinique, découpant des silhouettes dans la pénombre de cette matinée d'hiver.

J'ai retiré mes lunettes pour les nettoyer à nouveau. C'était la troisième fois en vingt minutes. À quarante et un ans, ma vue ne baissait pas, mais je tolérais de moins en moins le flou. Je frottais les verres avec mon carré de microfibre, cherchant cette transparence absolue qui m'échappait toujours, scrutant la moindre poussière imaginaire. Sans cette protection de verre, je me sentais nue.

Je les ai remises sur mon nez, vérifiant mon reflet dans la vitre sombre : une silhouette stricte, un chemisier de soie crème impeccable, et ce visage pâle qui ne trahissait jamais le tumulte intérieur. Je me trouvais digne. Bien plus digne que les collègues débraillés qui riaient fort en salle des professeurs.

J'ai plissé les yeux. Le spectacle allait commencer.

Dans le rectangle lumineux de la 104, une ombre noire arpentait l'estrade. Philippe Vasseur. Même à cette distance, à travers l'épaisseur du double vitrage et le flou de l'averse, sa rigidité était palpable. Il ne s'asseyait pas. Il marchait, les mains dans le dos, avec la régularité anxiogène d'un pendule ou d'un gardien de prison surveillant la promenade.

Je ne pouvais pas l'entendre, bien sûr. Le CDI m'isolait du son. Mais je n'avais pas besoin des mots pour comprendre la musique. C'était un film muet dont je connaissais déjà le scénario par cœur. J'avais appris à lire les corps comme je lisais les livres : en cherchant ce qui était écrit entre les lignes.

Je l'ai vu s'arrêter devant un élève du premier rang. Il s'est penché légèrement. L'élève s'est raidi aussitôt, comme frappé par une décharge électrique. J'ai senti une pointe de mépris se mêler à ma curiosité. *Il leur fait peur*, ai-je songé en lissant un pli inexistant sur ma jupe. *Il règne par la terreur glacée.*

Vasseur a repris sa marche. Son costume gris anthracite semblait absorber la lumière de la classe. Il s'est tourné vers la fenêtre, comme s'il sentait mon regard peser sur sa nuque. Un instant, j'ai cru qu'il allait me voir, moi, la gardienne silencieuse de l'aquarium d'en face. Mais il a vérifié le boutonnage de sa veste d'un geste sec, maniaque. Une armure. Il ne laissait rien dépasser. Pas un fil, pas une émotion. Nous avions cela en commun, lui et moi : le refus du laisser-aller. Mais là où il était verre, j'étais béton.

Soudain, il a pivoté vers le troisième rang, côté fenêtre. J'ai retenu mon souffle, mes doigts se crispant sur le rebord froid de la tablette. J'ai reconnu la forme beige, indistincte, presque fondue dans le décor. La jeune fille au pull trop grand.

Le corps de Vasseur s'est tendu. L'araignée avait repéré la vibration sur sa toile. Il s'est avancé vers elle, lentement, délibérément. Son ombre s'est allongée sur le bureau de l'élève, l'engloutissant tout entière.

J'ai vu la jeune fille sursauter. C'était un mouvement violent, une panique visible même à cinquante mètres. Elle semblait supplier, ou s'excuser d'exister. Je connaissais ce sentiment par cœur. Cette sensation d'être « trop » et « pas assez » à la fois, cette certitude d'être une tache sur le décor parfait des autres. Vasseur n'a pas reculé. Au contraire, il a tendu un bras impérieux, paume vers le haut. *Lève-toi.*

La jeune fille a obéi avec une lenteur douloureuse, s'agrippant à sa table comme une naufragée à une épave. Elle vacillait.

— Regarde-le… ai-je murmuré pour moi-même, ma respiration embuant légèrement la vitre du CDI.

Le spectacle était insoutenable et fascinant. Je voyais la bouche de Vasseur bouger. Il ne parlait pas, il aboyait. Je devinais les saccades de sa mâchoire, la tension de son cou. Il pointait un doigt vers elle, puis vers le sol, comme s'il voulait l'écraser, la faire rentrer sous terre. La jeune fille a baissé la tête, ses épaules rentrées dans une posture de soumission totale. Elle semblait si fragile, une tige de verre prête à rompre sous la pression de ce bloc de verre trempé.

Vasseur a insisté. Il s'est rapproché encore, envahissant son espace vital. Il la dominait de toute sa hauteur. C'était une exécution publique.

Puis, j'ai vu le geste. La jeune fille a porté la main à son visage. Elle essuyait une larme.

Un frisson d'indignation m'a parcouru l'échine. La colère, chaude et justicière, m'est montée aux joues. Ce n'était pas de l'enseignement. C'était du sadisme. Il aimait ça. Il aimait la voir craquer, il aimait voir la buée de la peur se former sur elle. Moi qui avais passé ma vie à me protéger des éclats de voix et de la brutalité du monde, je ressentais la douleur de cette enfant dans ma propre chair.

L'image de la jeune fille tremblante s'est superposée brutalement aux mots de la lettre anonyme que j'avais trouvée la veille. « Je suis l'insecte idiot… fasciné par une lumière qu'il ne pourra jamais toucher. Le Gardien veille avec sa colle. »

Tout concordait. La réalité s'emboîtait enfin parfaitement avec la fiction. Vasseur était le Gardien. Il l'épinglait vivante sous les néons froids de la salle 104.

Dans la classe, Vasseur a fait volte-face, tournant le dos à sa victime avec une indifférence royale, retournant vers son bureau-sanctuaire. La jeune fille s'est effondrée sur sa chaise, minuscule, brisée. Je me suis arrachée à la contemplation de la vitre. Mon cœur battait la chamade, résonnant jusque dans mes tempes. Je n'étais plus une simple spectatrice, une vieille fille entourée de livres poussiéreux. J'étais le seul témoin.

Le téléphone du CDI sonnait dans le vide, mais je l'ai ignoré. Le monde extérieur n'avait plus d'importance. Je suis retournée à ma table de travail, le pas décidé, mes talons claquant sur le sol comme une déclaration de guerre. J'aimais ce bruit. C'était le bruit de l'autorité.

Devant moi, le papier à lettres, un beau vélin ivoire que je réservais pour les grandes occasions, attendait. J'ai repris mon stylo-plume. L'encre noire, celle des décisions irrévocables. Je ne pouvais pas laisser faire ça. Les autres profs, dans leur médiocrité bienveillante, ne verraient qu'un collègue sévère et une élève sensible. Ils hausseraient les épaules en buvant leur café tiède. Moi seule avais la finesse d'âme pour comprendre le drame qui se jouait. Moi seule voyais la poésie tragique derrière la scène. Je voyais le bourreau et la martyre.

J'ai dévissé le capuchon, savourant le poids familier, rassurant, de l'instrument dans ma main. La plume d'or a effleuré la surface du papier, prête à creuser son sillon. J'ai pris une inspiration profonde, sentant la responsabilité me gonfler la poitrine. Il fallait poser les mots justes. Les mots qui sauvent. Je n'étais plus inutile. J'avais une mission.

D'un geste précis, exaltée par ma propre importance, j'ai commencé à écrire.

CHAPITRE 3

« Je l'ai vu. J'ai vu ce qu'il t'a fait ce matin. Il pense te briser pour te faire entrer dans sa boîte, mais il ignore que le verre, quand il casse, devient une arme. Ne pleure plus devant lui. Donne-moi tes larmes, je les transformerai en encre. Raconte-moi tout. Je monte un dossier. La vitre va s'ouvrir, je te le promets. M. »

J'ai posé mon stylo. L'écriture était fluide, les boucles de mes « l » s'étiraient comme des bras protecteurs. J'ai relu ma lettre cherchant la moindre fausse note. C'était le ton juste. Celui d'une alliée. D'une mère spirituelle.

J'ai attendu 17 h 15. L'heure creuse. L'heure où le lycée se vidait de sa substance bruyante. Le CDI était désert, baigné dans cette lumière bleue de fin de journée hivernale qui transformait les rayonnages en monolithes. J'ai glissé l'enveloppe ivoire dans *Psychologie des foules*. Le livre, rangé à l'écart au rayon Sciences Humaines, semblait m'attendre. J'ai caressé la tranche cartonnée, éprouvant un frisson presque sensuel. Ce n'était plus un objet inerte. C'était un cœur qui battait. Le nôtre.

Les jours suivants furent un supplice de silence. Le lendemain, le livre n'avait pas bougé d'un millimètre. Le surlendemain non plus. À chaque ronde, je jetais un regard furtif vers l'étagère, sentant une pointe de déception me piquer le cœur. Avais-je effrayé l'oiseau ? Avais-je été trop directe ? L'attente devenait physique, une tension qui me nouait l'estomac.

Ce n'est que le jeudi matin, alors que la pluie avait enfin cessé pour laisser place à un ciel blanc et dur, que j'ai remarqué le changement. Mon cœur a fait un bond dans ma poitrine. J'ai fermé la porte à clé — une entorse au règlement, mais l'urgence l'exigeait. J'ai traversé l'allée centrale, mes talons claquant trop fort dans le silence. J'ai ouvert l'ouvrage. Mon enveloppe ivoire avait disparu.

À la place, une feuille de cahier d'écolier, pliée en cocotte, reposait entre les pages 42 et 43. Je l'ai dépliée avec la précaution d'une archéologue exhumant un parchemin sacré.

« Tu réclames une voix, mais ma gorge est une vitrine scellée. L'air y est raréfié, les sons se cristallisent avant de sortir. Hier, dans le couloir, il n'y a pas eu de contact, juste une chute brutale de la température. Son ombre a suffi à me givrer les os. Il a murmuré que j'étais une "erreur de surface", une aspérité inutile qu'il fallait polir pour que le monde redevienne lisse. Je ne suis pas une tache sur son costume, c'est pire : je suis la rayure sur sa lunette. Celle qui l'obsède parce qu'elle prouve que le verre n'est pas parfait. Il ne dégage pas de colère. Il dégage du vide. C'est un hiver ambulant qui aspire l'oxygène des pièces où il entre. J'ai peur que si je cesse de bouger, il ne finisse par m'effacer d'un revers de manche, comme on nettoie de la buée gênante sur une paroi froide. »

Je me suis appuyée contre le rayonnage pour ne pas vaciller. Le texte était court, mais d'une puissance évocatrice terrible.

« Il aspire la chaleur des autres. » J'ai fermé les yeux. Je revoyais la scène de la veille. La silhouette massive de Vasseur, le professeur rigide, écrasant cette élève près de la fenêtre. C'était donc bien elle. Ça ne pouvait être qu'elle. Mais le doute subsistait, infime, délicieux. J'avais besoin d'une preuve. D'un nom. Je devais sauver cette âme. C'était une évidence. Le destin ne m'avait pas mis ce texte entre les mains par hasard.

Un bruit de chariot dans le couloir m'a fait sursauter. J'ai fourré précipitamment la lettre dans ma poche, le cœur battant à tout rompre. L'entrée principale a pivoté. Avant d'être repérée à travers la vitre, j'ai saisi la poignée et suis sortie dans la grande salle, l'air de rien.

C'était encore Antoine Sorel. Il poussait un chariot rempli de chaises empilées. Le métal grinçait atrocement. Je déteste ce bruit. C'est le bruit du désordre, de la matière brute qui résiste.

— Je dois récupérer les chaises de la salle de travail, a-t-il dit sans préambule, la voix sourde. Le Proviseur veut réorganiser la salle des profs.

Il ne m'a pas regardée tout de suite. Il manœuvrait son chargement avec une concentration excessive, comme si empiler des chaises demandait une précision d'ingénieur.

Je me suis redressée, lissant ma jupe pour retrouver ma superbe. Je détestais être surprise ainsi, prise en flagrant délit d'émotion.

— Faites, Antoine, dis-je d'une voix que je voulus détachée, mais qui tremblait encore légèrement. Mais essayez d'être plus discret. C'est un lieu de recueillement ici.

Antoine s'est immobilisé. Il a enfin levé les yeux vers moi. Il avait l'air épuisé, les traits tirés par une fatigue ancienne qui n'avait rien à voir avec sa journée de travail. Son regard a glissé sur mon visage, puis est descendu vers ma main, qui serrait encore inconsciemment le tissu de ma poche où la lettre était cachée. Il n'a rien dit. Il s'est contenté de fixer cette main crispée, sans comprendre, sans chercher à comprendre.

Puis, il a eu ce tic. Il s'est mordu la lèvre inférieure. Fort. Il pensait sans doute à son dos en compote, ou à la boue qui l'attendait dehors pour charger le camion. Il n'avait pas le luxe des mystères.

— J'en ai pour cinq minutes, a-t-il grogné simplement.

Il a détourné les yeux et a repris sa route vers le fond de la salle, le dos voûté. Je l'ai regardé s'éloigner avec un soupir de soulagement. Il n'avait rien vu. Il était aveugle à la poésie du drame qui se jouait sous ses yeux. Mais je n'avais pas de temps à perdre avec les vivants ordinaires. J'avais une noyée à secourir.

Je suis retournée à mon bureau et j'ai sorti une nouvelle feuille de vélin. La correspondance ne faisait que commencer. J'allais devoir creuser. Identifier formellement la victime pour mieux accabler le bourreau.

J'ai écrit :

« Je sais qui est le Gardien. Je l'ai vu te faire pleurer hier. Mais je dois être sûre. Est-ce bien toi, la jeune fille près de la fenêtre en 104 ? Donne-moi ton nom. Sors de l'anonymat avec moi. Je ne te laisserai pas disparaître. Je te verrai. M. »

J'ai relu mes mots. Ils étaient parfaits. Directs, protecteurs, impérieux. Une intuition m'a poussée à me lever et à m'approcher de la grande baie vitrée qui surplombait le hall.

C'était mon heure. La récréation de dix heures venait de sonner. Le brouhaha montait du rez-de-chaussée, une marée sonore que j'observais sans jamais m'y mêler.

J'ai scanné la foule. Je cherchais une anomalie dans le flux. Et je l'ai vue. Tout en bas, près de la porte des toilettes des filles, une silhouette beige se tenait à l'écart. Élia. Elle ne bougeait pas. Elle se tenait contre le mur, les bras croisés, comme pour empêcher son propre corps de s'effondrer. Même à cette distance, je pouvais voir que son visage était ravagé. Je devinais les yeux rouges, la peau marbrée par les larmes. Des élèves passaient devant elle, indifférents ou goguenards, la bousculant presque. Élia encaissait, telle une statue de sel sous la pluie.

Soudain, comme si elle avait senti le poids de mon regard peser sur elle, la jeune fille a levé la tête. Elle a regardé droit vers le premier étage. Droit vers le CDI. Droit vers moi.

Il n'y a eu aucun signe de la main. Juste ce regard, intense et liquide, qui a traversé l'espace et le verre. Je me suis plaquée contre la vitre, mes doigts laissant des empreintes grasses sur la surface immaculée — une souillure que je nettoierais plus tard, car l'instant était trop précieux. J'ai vu Élia s'essuyer le visage d'un revers de manche — un geste d'une maladresse déchirante — avant de disparaître dans la foule.

J'ai senti mon cœur gonfler d'une fierté douloureuse. Ce regard n'était pas un hasard. C'était un appel. C'était la confirmation silencieuse du pacte que nous étions en train de sceller.

— Je t'ai vue, ai-je murmuré à la vitre vide. Et je vais te sauver.

Je suis retournée vers le rayon Sciences Humaines, la lettre brûlant presque mes doigts. Je n'avais plus besoin de douter. J'avais trouvé mon héroïne, et, par extension, j'avais trouvé ma propre histoire. Mon piège de papier était prêt. Il ne restait plus qu'à attendre que l'insecte y dépose son nom.

CHAPITRE 4

La salle des professeurs du lycée de Montreval ressemblait à un bocal d'eau tiède où flottaient des sachets de thé bon marché et des conversations molles. C'était un lieu de décompression, une bulle de banalité où l'on parlait grèves, travaux et météo pour éviter de parler des élèves.

J'y entrais rarement. Je préférais mille fois la solitude aseptisée de mon CDI, loin de la vulgarité du café lyophilisé et des relents de craie. Mais ce matin, j'avais une mission.

J'ai repéré Philippe Vasseur près de la fenêtre. Il était seul, évidemment. Il se tenait debout, tournant le dos à la salle, observant la cour grise à travers la vitre ruisselante. Il tenait son gobelet en carton comme on tient une grenade dégoupillée : avec une précaution excessive, les jointures blanchies.

J'ai ajusté mes lunettes sur l'arête de mon nez. À travers mes verres, je ne voyais pas un collègue solitaire. Je voyais une araignée au repos. Je voyais « Le Gardien ».

Je me suis approchée. Je marchais sans bruit, glissant sur le lino. Je voulais le surprendre, voir le masque tomber, ne serait-ce qu'une seconde.

— Vous n'avez pas froid, Philippe ?

Il a sursauté. Le mouvement fut sec, mécanique, comme un ressort qui se détend trop vite. Une goutte de café noir a giclé hors du gobelet et est tombée sur sa manchette immaculée. Il s'est tourné vers moi. Son visage était fermé, verrouillé à double tour.

— Madame Dubois, a-t-il dit. Je ne vous avais pas entendue.

Sa voix était neutre, mais j'ai cru y déceler une vibration. De l'agacement ? De la peur ? J'ai souri, un sourire que je voulais énigmatique, chargé de sous-entendus.

— C'est l'hiver qui rentre, ai-je continué en m'adossant au radiateur (qui ne chauffait pas, comme tout dans ce bâtiment vétuste). J'ai l'impression que les murs de ce lycée sont devenus poreux. On sent les courants d'air partout, vous ne trouvez pas ? Surtout quand on reste immobile.

Vasseur a baissé les yeux sur sa tache de café. Il a sorti un mouchoir en tissu de sa poche et a commencé à tamponner le tissu avec une frénésie contenue.

— L'isolation est vétuste, a-t-il répondu sans me regarder. Comme le reste.

— Il n'y a pas que les murs qui sont fragiles, Philippe.

J'ai laissé la phrase en suspens. Je l'observais avec l'acuité d'un entomologiste. Je cherchais la faille. Vasseur s'est arrêté de frotter. Il a relevé la tête. Ses yeux gris, d'habitude si fuyants, se sont plantés dans les miens.

— Que voulez-vous dire ?

— Je vois des choses, depuis mon aquarium, murmurai-je. Je vois des élèves qui marchent sur des œufs. Des gamins qui ont l'air de s'excuser d'exister dès qu'ils passent votre porte.

J'ai fait un pas vers lui. Je voulais entrer dans sa zone de confort, briser sa bulle.

— On m'a dit que vous étiez… exigeant. Qu'avec vous, il fallait se faire tout petit.

La pomme d'Adam de Vasseur a oscillé. Il a remis sa cravate en place d'un geste nerveux, comme s'il étouffait. J'ai jubilé intérieurement. *Je te tiens*, pensai-je. *Tu as peur que je sache.*

Il a reculé, heurtant le rebord de la fenêtre.

— Je suis enseignant, Madame Dubois. Pas assistant social. Je leur apprends la rigueur. La structure. Sans structure, tout s'effondre.

— Ou tout casse, ai-je corrigé doucement. Attention, Philippe. Le verre trop rigide finit toujours par céder. Et la transparence… ça ne protège de rien.

Vasseur m'a dévisagée froidement. Pas un muscle de son visage n'a tressailli. Il ne semblait pas touché, simplement agacé par ce qu'il devait prendre pour de la psychologie de comptoir. Il a ajusté le nœud de sa cravate avec une précision métronomique, vérifiant son armure une dernière fois.

— La transparence est un luxe pour ceux qui n'ont rien à protéger, a-t-il répliqué d'un ton coupant. Quant à la rigidité, c'est ce qui permet à ce lycée de tenir debout.

Il a jeté son gobelet dans la poubelle d'un geste sec, parfaitement contrôlé.

— J'ai cours.

Il a pivoté sur ses talons et a quitté la pièce à grandes enjambées, raide comme un automate détraqué, sans un regard en arrière. Je l'ai regardé fuir. J'ai senti une bouffée de chaleur me monter aux joues. Je ne m'étais pas trompée. Sa réaction était un aveu. Seuls les coupables fuient avec cette panique dans le regard.

Je me suis tournée vers la vitre. Dehors, la pluie avait redoublé. Mon propre reflet m'a renvoyé l'image d'une justicière.

— Je t'ai vu, Gardien, murmurai-je à l'intention de la silhouette qui traversait déjà la cour sous le déluge. Et bientôt, tout le monde te verra.

Je suis sortie à mon tour, le pas léger. Je devais retourner au CDI. J'avais une réponse à écrire. L'insecte avait besoin de savoir que l'araignée tremblait.

CHAPITRE 5

Le dimanche soir, à Montreval, possède une odeur spécifique. Celle de la pluie froide sur le zinc et de l'ennui qui remonte des canalisations. Il était vingt heures. Mon appartement était plongé dans ce silence cotonneux, presque clinique, que seuls connaissent les célibataires sans animaux.

Tout y était rangé avec une précision maladive. Trop rangé. Les coussins du canapé étaient gonflés, vierges de toute empreinte. La télécommande était alignée, parfaitement parallèle au bord de la table basse. Il n'y avait pas de jouets qui traînaient, pas de chaussures en vrac dans l'entrée, pas de miettes. Rien ne prouvait que quelqu'un vivait ici, si ce n'était l'odeur synthétique de mon plat surgelé — une barquette de hachis parmentier — qui tournait mélancoliquement dans le micro-ondes.

Je me suis assise à la petite table ronde de la cuisine. J'avais posé un roman devant moi, comme un bouclier de papier, espérant que Flaubert suffirait à combler le vide de la chaise d'en face.

C'est à ce moment-là que le téléphone a sonné. L'écran a affiché : *Sophie.* J'ai laissé sonner trois fois. J'ai attendu, le regard fixé sur la minuterie du four, pour me donner l'illusion que j'étais occupée, que je devais m'extirper d'une activité passionnante pour daigner répondre. Puis j'ai décroché.

— Marianne ! Tu ne répondais pas, j'ai cru que tu étais sortie !

La voix de ma sœur fut une effraction. Aiguë, rapide, saturée d'une énergie vitale qui me fatiguait avant même que la conversation ne commence. En arrière-plan, je percevais le bruit familier du bonheur domestique : des cris d'enfants, un dessin animé, la voix grave d'un mari cherchant le sel. Le bruit de la « vraie vie ». La vulgarité du bonheur ordinaire.

— J'étais… plongée dans mes dossiers, ai-je menti en m'éloignant du micro-ondes pour cacher le ronronnement du plateau tournant. Bonsoir, Sophie.

— Toujours à travailler le dimanche ! Tu es incorrigible. Maman s'inquiétait. Alors, comment ça va dans ton… comment tu appelles ça déjà ? Ton monastère ?

Sophie a ri. Un rire clair, sans méchanceté, mais qui soulignait cruellement la distance entre son pavillon de banlieue et mon exil brumeux.

— Montreval est un lieu de calme, Sophie. C'est propice à la réflexion.

— C'est ça, oui. Un trou perdu où il pleut six mois par an. Et sinon… tu as rencontré quelqu'un ?

La question. Inévitable. Le rituel hebdomadaire, la petite inspection sanitaire de ma vie sentimentale. J'ai contemplé mon reflet déformé dans la vitre noire du four. Une femme de quarante et un ans, enveloppée dans un gilet de laine, qui attendait que sa nourriture industrielle soit chaude.

— Je vois du monde, répondis-je d'un ton que je voulus évasif.

— « Du monde », ça ne veut rien dire. Je te parle d'un homme, Marianne. Tu ne vas pas rester toute seule là-bas. Il n'y a pas un collègue ? Un prof de sport ?

Sophie voulait bien faire. C'était ça le pire. Elle voulait que je sois heureuse selon ses propres critères étriqués : un crédit, des enfants et des repas bruyants. Elle ne pouvait pas comprendre que je cherchais autre chose. Une intensité. Une vibration. J'ai senti une pointe d'agacement me monter à la gorge. J'ai eu envie d'écraser cette condescendance. De prouver que mon existence valait mieux que cette médiocrité dorée.

— Je n'ai pas le temps pour ces banalités, Sophie, tranchai-je, sculptant ma voix pour lui donner une gravité mystérieuse. Il se passe des choses importantes au lycée.

— Ah bon ? Quoi donc ? Une grève de la cantine ?

— Non. Je m'occupe d'un cas très délicat.

J'ai marqué une pause, théâtrale. Je sentais le mensonge gonfler dans ma poitrine, chaud et réconfortant comme une lampée d'alcool fort.

— Une élève… spéciale. Une surdouée, une poétesse écorchée vive que le système essaie de broyer. Je suis la seule à qui elle parle. Je suis en train de la sauver, Sophie. C'est… bouleversant.

J'ai fermé les yeux. En prononçant ces mots, je me sentais exister. Les murs gris de ma cuisine s'effaçaient. Je n'étais plus la vieille fille du CDI. J'étais une mentore. Une héroïne tragique.

Il y eut un silence au bout du fil. Le bruit de fond a semblé s'atténuer, comme si Sophie, pour la première fois, était impressionnée.

— Oh… fit-elle, un peu décontenancée. C'est bien, Marianne. C'est bien que tu t'investisses. Mais fais attention, hein. Ce n'est que du travail.

— C'est plus que du travail. C'est une mission.

Le micro-ondes a sonné. *Ding.* Le glas de la conversation. Le rappel du réel.

— Je dois te laisser, dis-je précipitamment. J'ai des documents à analyser pour demain. Embrasse les enfants.

J'ai raccroché avant que Sophie ne puisse ajouter sa pitié habituelle. Le silence est retombé sur la cuisine, plus lourd, plus dense qu'avant. Un silence de plomb. J'ai sorti ma barquette brûlante. J'ai soulevé le film plastique. La vapeur s'est échappée, emportant avec elle l'odeur fade de la pomme de terre reconstituée.

Je me suis assise. J'ai pris une bouchée. C'était insipide. J'ai reposé ma fourchette.

Lentement, j'ai retiré mes lunettes et je les ai posées sur la nappe en toile cirée. Sans elles, le monde devenait flou. Les arêtes coupantes de ma cuisine s'adoucissaient, la solitude devenait une tache impressionniste, presque supportable.

J'ai fixé cet objet de verre et de métal posé devant moi. Mes lunettes. Ma prothèse. Je passais ma vie à les nettoyer, à frotter les verres pour chercher la transparence parfaite, pour tout voir, tout comprendre. Mais à quoi bon voir clair si c'était pour contempler le vide ? Ma sœur avait raison.

Ma vie était une coquille vide. Je n'avais personne à qui raconter ma journée. Personne pour me demander où était le sel. Je n'avais que mes livres, mes élèves indifférents, et ce silence qui me collait à la peau.

C'est alors que l'évidence m'a frappée. C'était pour ça. C'était pour ça que je m'accrochais à elle avec cette faim de loup. Je ne voulais pas seulement sauver la gamine. Je voulais me sauver moi-même. J'avais besoin de ce drame. J'avais besoin des larmes de la petite, de ses lettres cachées, de son mystère.

J'avais besoin de ce « Gardien » à combattre. Tant qu'il y avait cette petite, il y avait une histoire. Et tant qu'il y avait une histoire, je n'étais pas seule.

J'ai remis mes lunettes sur mon nez. Le monde est redevenu net, tranchant. J'ai fini mon assiette en silence, le cœur battant un peu plus vite. Demain, je retournerai au lycée. Demain, l'enquête reprendrait. Ce n'était pas juste un jeu. C'était ma bouée de sauvetage.

Je me suis levée pour faire la vaisselle, frottant l'assiette unique avec une énergie farouche, comme si je pouvais effacer ma propre solitude à coups d'éponge.

CHAPITRE 6

De retour au CDI, je me suis enfermée dans mon bureau vitré. J'avais besoin que mes mains cessent de trembler. La confrontation de vendredi avec Vasseur m'avait exaltée, mais elle me laissait un arrière-goût métallique dans la bouche. Il n'avait pas nié. Il n'avait pas crié. Il avait *tranché.*

« La transparence est un luxe pour ceux qui n'ont rien à protéger. »

J'ai ôté mes lunettes et je les ai posées sur le sous-main en cuir. Sans correction, le monde devenait flou, inoffensif. Les arêtes vives des étagères s'émoussaient, les couleurs se diluaient. C'était reposant. Mais je ne pouvais pas me permettre le repos. J'ai remis ma monture. Le monde est redevenu net et cruel.

Il était 13 h 30. La pause méridienne touchait à sa fin. Je suis sortie de mon bocal et je me suis dirigée vers le rayon Sciences Humaines. Je n'avais pas besoin de vérifier si le livre avait bougé ; je *sentais* la présence du papier, comme une radiation.

Psychologie des foules dépassait d'un centimètre. J'ai pris l'ouvrage, vérifié que l'allée était déserte, et je l'ai ouvert. La réponse était là. Pas une feuille de cahier cette fois, mais un morceau de papier kraft, probablement déchiré d'une enveloppe ou d'un emballage. Quelque chose de brut, d'urgent. L'écriture semblait avoir été tracée dans la fièvre.

« Ton regard a traversé la buée. Avant toi, je n'étais qu'un reflet sans densité. Je suis la rayure qu'il ne supporte pas. L'erreur de casting dans sa vitrine parfaite. Il veut polir la surface jusqu'à ce que je disparaisse, me dissoudre dans son ordre moral comme dans de l'acide. Méfie-toi de l'air libre. Si on ouvre le bocal, on ne respire pas, on s'oxyde. Le Gardien a senti ta présence. Il n'aime pas ce qu'il ne peut pas épingler sous verre. Tu es le désordre qu'il redoute. Maintiens la pression. Si tu relâches, la gravité gagne. Et je me brise. É. »

J'ai relu la lettre trois fois. « É. » Une initiale. C'était plus qu'une signature, c'était un aveu d'intimité. Une clé qu'on me tendait. J'ai caressé le papier rêche du bout des doigts.

Mon regard s'est arrêté sur une phrase : « Tu es le désordre qu'il redoute. »

J'ai froncé les sourcils. *Le désordre ?* Moi ? Quelle étrange méprise ! Mon existence tout entière était une lutte contre l'entropie. Je passais mes journées à aligner des tranches, à coter des savoirs, à chasser la poussière et l'imprévu. Je n'étais pas le désordre ; j'étais la structure même.

Mais en relisant ses mots, j'ai compris. Ce n'était pas une insulte. C'était une prophétie. Pour un homme comme Vasseur, maniaque de la ligne droite, toute volonté libre était une anarchie. Il régnait sur un monde figé, et Élia voyait en moi la seule force capable de faire trembler ses murs. Elle ne me voyait pas comme une documentaliste ; elle me voyait comme une force atmosphérique.

Une tempête.

Un sourire lent a étiré mes lèvres. J'ai senti ma poitrine gonfler d'un orgueil sombre. Soit. Si la délivrance exigeait un ouragan, j'accepterais de déchaîner les éléments. Je ne serais pas le désordre vulgaire qui salit, je serais le chaos divin qui purifie. J'étais l'héroïne qui tenait la foudre.

Un brouhaha lointain m'a signalé la fin de la récréation. Les élèves allaient remonter. Je me suis précipitée vers la grande baie vitrée qui surplombait le hall principal. C'était mon poste d'observation favori, un promontoire divin d'où je pouvais juger les âmes sans être vue, protégée par les reflets du néon.

La marée adolescente refluait vers les escaliers. Une masse informe de doudounes, de rires stridents et de sacs à dos trop lourds. J'ai scanné la foule. Je cherchais une tête.

Je l'ai trouvée.

Élia Mercier marchait seule, en marge du flux, longeant le mur de béton comme si elle voulait s'y fondre. Elle ne portait pas de manteau, juste ce grand pull beige qui la faisait paraître noyée dans sa propre laine. Elle serrait ses classeurs contre sa poitrine, une barrière dérisoire contre le monde.

Soudain, le mouvement de la foule s'est figé. Philippe Vasseur venait d'apparaître au pied de l'escalier. Il se tenait droit, immobile, fendant le courant des élèves tel un rocher au milieu d'un torrent. Il ne bougeait pas, il attendait que le flot s'écarte. Et le flot s'écartait. Personne ne le bousculait. Une zone de vide naturel se créait autour de son costume sombre.

Je l'ai vu se raidir. La jeune fille s'est arrêtée net à quelques mètres du professeur. Vasseur n'a pas fait un geste. Il ne l'a pas menacée. Il s'est contenté de tourner la tête vers elle. De là-haut, à travers la vitre, je ne pouvais pas voir les yeux de Vasseur. Je pouvais seulement les imaginer : froids, calculateurs, vidés de toute empathie.

Ce que j'ai vu, c'est la réaction d'Élia. La jeune fille a eu un mouvement de recul infime. Elle a baissé la tête, rentré les épaules, et a semblé se briser de l'intérieur. C'était d'une grâce tragique. L'image parfaite de la proie tétanisée par le prédateur.

Puis, Élia a levé les yeux. Elle n'a pas regardé Vasseur. Elle a regardé plus haut. Vers le premier étage. Vers la baie vitrée du CDI. Elle savait que j'étais là.

Nos regards se sont croisés à travers l'épaisseur du verre feuilleté. Élia n'a pas souri. Son visage était un masque de détresse pure, une icône religieuse offerte à l'adoration. Elle a cligné lentement des yeux, une fois. Un appel au secours muet.

Puis elle a repris sa marche, contournant largement le professeur comme on contourne un animal dangereux, et a disparu dans la cage d'escalier.

Je suis restée figée, la main plaquée contre la vitre froide. La buée de ma respiration formait un petit halo blanc sur le verre, brouillant la silhouette de Vasseur qui était resté en bas, seul.

— Je te tiens, ai-je murmuré.

Je ne parlais pas d'Élia. Je parlais de ma propre vie. L'ennui était mort. Le roman avait commencé, et cette fois, j'en écrivais les pages.

Je suis retournée à mon bureau, j'ai pris une feuille de mon papier à lettres ivoire — celui des grandes occasions — et j'ai dévissé mon stylo. Il ne s'agissait plus de consoler. Il s'agissait d'agir.

J'ai écrit :

« Je ne te lâcherai pas. Je serai ton filet. Mais pour te protéger, il me faut des armes. Tu parles de froid. Dis-moi ce qu'il se passe. Précisément. Les détails sont des couteaux, Élia. Donne-m'en un, et je couperai les fils. M. »

Je savais que je franchissais une ligne. J'aurais dû alerter la direction dès la première lettre. J'aurais dû faire remonter ce signalement immédiatement, c'était la procédure. En gardant ce secret pour moi, en choisissant de gérer cela seule plutôt que d'en parler, je commettais une faute professionnelle grave. Je confisquais la parole d'une victime au lieu de la protéger par l'institution. Mais je n'étais plus une professionnelle. J'étais une complice.

J'ai glissé la lettre dans *Psychologie des foules*, refermé le livre avec un claquement sec, et souri. Dehors, le vent se levait, sifflant contre les façades du lycée comme pour avertir ceux qui voulaient bien entendre. Mais je n'écoutais plus le vent. Je n'écoutais que l'écho de ma propre importance.

CHAPITRE 7

Le CDI n'était pas seulement un lieu de silence ; c'était un observatoire. Depuis mon bureau vitré, je dominais l'espace, scrutant les têtes penchées des élèves comme un biologiste surveille une colonie sous une lamelle de microscope.

Il était 14 heures. La lumière d'hiver, crue et sans pitié, traversait les baies vitrées pour venir s'écraser sur le sol thermoplastique. Au fond de la salle, près des archives, une silhouette familière s'affairait. Antoine Sorel. Il montait une étagère métallique, ses gestes lents et précis contrastant avec l'agitation intellectuelle du lieu. Il portait son bleu de travail, une tenue qui le marquait comme appartenant à une autre caste : celle des mains, pas celle des esprits.

Je l'observais visser un boulon avec une sorte de tendresse condescendante. Je connaissais son histoire, comme tout le village. Antoine était « Celui qui a retiré la vie » depuis la mort de Lise Morlaix en 2007. Quand il avait été embauché par le lycée, j'avais été l'une des seules à prôner le pardon, savourant ma propre magnanimité. Je pensais l'avoir « aidé » à se reconstruire, simplement en le laissant respirer le même air que moi.

Le bruit sec de la porte d'entrée m'a fait sursauter. Ce n'était pas un élève qui entrait. C'était le froid.

Philippe Vasseur a franchi le seuil. Il ne marchait pas, il fendait l'espace, sanglé dans son costume gris fer. Il ne venait pas pour les livres. Il venait pour chasser. J'ai vu son regard scanner la salle et se verrouiller instantanément sur sa cible.

Élia.

Elle était installée à une table isolée, près de la grande vitre. Elle semblait minuscule, recroquevillée sur une feuille blanche. Son sac à dos, une toile beige un peu usée, était posé au sol, dépassant légèrement dans l'allée centrale.

Vasseur a fondu sur elle. Une trajectoire rectiligne, brutale. Je me suis levée, mais le verre de mon bureau m'isolait du son. Je voyais la scène comme un film muet dont je devinais les dialogues tragiques. Il s'est arrêté à sa hauteur, a pointé l'index vers le sol, vers le sac. Le son m'est enfin parvenu, tranchant :

— Rangez ce sac.

Ce n'était pas une demande. C'était un ordre aboyé. Élia a sursauté violemment, laissant échapper son stylo.

— M-monsieur ? a-t-elle balbutié.

— C'est une entrave à la circulation, a coupé Vasseur. C'est du désordre. Le désordre mène à l'accident. Rangez-le. Maintenant.

Il restait debout, la dominant, fixant le sac comme s'il s'agissait d'une tumeur. J'ai senti mon sang battre contre mes tempes. Il parlait de « désordre », lui qui incarnait l'ordre mortifère. Il ne supportait pas qu'un sac dépasse, mais il supportait de briser une enfant.

Élia s'est baissée pour ramasser son bien, les mains tremblantes, le serrant contre elle comme un bouclier dérisoire.

— Et redressez-vous, a ajouté Vasseur d'une voix glaciale. La posture, c'est la tenue de l'esprit.

Il a tourné les talons sans un mot de plus. En passant devant le rayon des Sciences, il a croisé Antoine. Les deux hommes se sont arrêtés un instant. Vasseur a ajusté sa cravate — un geste de mépris à mes yeux — et a contourné le manœuvre comme on évite un meuble gênant avant de sortir.

Le silence est retombé, brisé en mille morceaux. Je me suis précipitée vers Élia. Elle avait la tête dans ses bras, les épaules secouées de spasmes.

— Élia ? murmurai-je en posant une main sur son épaule.

Elle a relevé la tête. Son visage était inondé, mais son regard avait une transparence cristalline.

— Je suis désolée, madame, a-t-elle chuchoté. Je… je prends trop de place. Il a raison.

— Non, ai-je tranché, la gorge nouée par une rage protectrice. Non, c'est lui qui prend toute la place. C'est lui qui étouffe tout le monde.

Au fond de la salle, Antoine nous observait. J'ai retiré mes lunettes, embuées par l'émotion, et j'ai commencé à les frotter frénétiquement avec le tissu de ma jupe. Pendant ces quelques secondes de flou, j'ai cru deviner qu'Antoine se mordait la lèvre inférieure jusqu'au sang. Sans doute était-il bouleversé par la violence de Vasseur. Sans doute ressentait-il, lui aussi, l'injustice. Il ne pouvait qu'être de notre côté.

J'ai remis mes lunettes. Je n'avais rien vu d'autre. Je ne voyais que ce que je voulais voir : une victime à sauver et un témoin muet qui partageait ma révolte.

CHAPITRE 8

Le soir même, cette image ne m'avait pas quittée.

Il était 21 heures. Mon appartement était plongé dans ce silence cotonneux, presque clinique, que seuls connaissent les célibataires. Tout y était rangé avec une précision maladive. Dehors, le vent de novembre fouettait les volets, mais à l'intérieur, l'air était immobile.

J'étais assise à ma table de cuisine, devant une assiette de pâtes froide que je n'avais pas touchée. Je me suis levée pour aller à la fenêtre. Je n'y ai vu que mon propre reflet dans la vitre noircie par la nuit. Une femme de quarante et un ans, aux traits tirés, mais dont les yeux brillaient d'une flamme nouvelle.

— Plus jamais, ai-je murmuré.

J'ai pensé à ce lycée, ce vaisseau de béton posé au bord du vide. Une terre maudite. J'ai pensé à Lise Morlaix, cette jeune fille morte en 2007, le corps brisé. J'ai pensé à Antoine, que j'avais croisé tout à l'heure. C'était lui qui l'avait fait. Une seconde de violence adolescente.

Je m'étais donné pour mission de « réparer » Antoine à son retour. Je me félicitais de ma grandeur d'âme. Mais aujourd'hui, l'histoire bégayait. Sauf que le danger ne venait pas d'un élève impulsif. Il venait de l'institution. De Vasseur.

Ce « Gardien » rigide isolait Élia. Il la taillait en pièces. Si personne n'intervenait, il la pousserait dans le vide, psychologiquement, comme Lise était tombée dans l'escalier.

Je suis retournée m'asseoir. J'ai écarté mon assiette et posé devant moi mon bloc de papier à lettres. J'ai sorti mon stylo-plume. Je devais répondre.

Je savais que je franchissais une ligne. J'aurais dû alerter la direction dès la première lettre. J'aurais dû faire remonter ce signalement immédiatement, c'était la procédure. En gardant ce secret pour moi, en choisissant de gérer cela seule plutôt que d'en parler, je commettais une faute professionnelle grave. Je confisquais la parole d'une victime au lieu de la protéger par l'institution.

Mais je n'étais plus une professionnelle. J'étais une complice. Et les complices ne remplissent pas de formulaires administratifs.

J'ai débouchonné le stylo. L'encre noire, liquide et brillante attendait de devenir une promesse. J'ai écrit d'un trait, portée par une inspiration qui me semblait divine :

«Je t'ai vue. J'ai vu comment il a essayé de te faire disparaître aujourd'hui. Il veut que tu sois invisible, que tu "ranges ton sac" pour ne pas gêner sa marche triomphale. Il ne supporte pas ce qui dépasse. Il veut un monde lisse, sans aspérités, sans vie. Mais tu n'es pas une erreur, Élia. Tu es la faille par laquelle la lumière entre. Montreval a déjà payé son tribut au silence. Il y a des années, une autre jeune fille s'est brisée ici. On a laissé la violence gagner parce qu'on a regardé ailleurs. Je ne laisserai pas l'histoire se répéter. Je ne le laisserai pas faire de toi une nouvelle Lise. La vitre peut s'ouvrir. Je suis de l'autre côté, et j'ai le marteau. Dis-moi tout. Raconte-moi chaque mot, chaque geste. Je constitue un dossier. Nous allons briser la glace ensemble. M. »

J'ai relu la lettre. C'était puissant. C'était juste. La phrase « La vitre peut s'ouvrir » sonnait comme un mantra. J'ai plié la feuille et l'ai glissée dans une enveloppe ivoire, sans nom.

Demain, je la glisserais dans *Psychologie des foules*. Ce livre poussiéreux était devenu notre boîte aux lettres morte. J'ai éteint la lumière. Dans l'obscurité, je me suis sentie étrangement apaisée. Je n'étais plus seule. J'allais sauver Élia Mercier, et, en sauvant cette enfant, je rachèterais peut-être toutes les fautes de ce lycée maudit.

CHAPITRE 9

Le couloir du rez-de-chaussée était un courant d'air permanent, un tunnel de béton où les voix des élèves résonnaient avec une vulgarité amplifiée. Je n'aimais pas m'y aventurer. C'était le territoire des corps, de la bousculade, de la sueur. Mon royaume était plus haut, sous la verrière.

Pourtant, ce midi-là, je descendais vers la salle des professeurs quand je l'ai vu.

Antoine Sorel était là, près des casiers métalliques. Il ne travaillait pas. Il était immobile, penché vers le sol comme un animal flairant une piste. Il a ramassé quelque chose. Un livre.

J'ai plissé les yeux. C'était un manuel scolaire, probablement abandonné par un élève insouciant. La couverture pendait lamentablement, arrachée de la reliure. Une épave de papier. J'ai vu Antoine le tourner entre ses mains larges et calleuses. J'ai cru, une fraction de seconde, qu'il allait le jeter dans la poubelle grise juste à côté. C'eût été le geste logique pour un homme de sa trempe, un homme de matière et non d'esprit.

Mais il ne l'a pas jeté. Il l'a épousseté d'un revers de manche, avec une délicatesse qui jurait avec sa carrure. Puis, il a regardé à gauche, à droite, comme un voleur s'assurant qu'il n'y ait pas de témoins, et il a glissé l'ouvrage sous sa veste de travail.

Il est parti d'un pas rapide vers le fond du couloir, vers l'aile technique.

Mon sang n'a fait qu'un tour. Pourquoi cacher un livre abîmé ? Une curiosité malsaine m'a saisie. J'ai pensé à Lise Morlaix. J'ai pensé à la violence qu'on lui prêtait. Est-ce qu'il volait les livres pour les détruire ? Pour assouvir une vengeance obscure contre ce savoir qui lui avait échappé ?

J'ai décidé de le suivre. Je marchais à distance, mes talons claquant doucement sur le lino, calant mon rythme sur le sien pour rester inaudible. Il est descendu vers le sous-sol, là où se trouvait sa loge. L'air y était plus froid, chargé d'une odeur de poussière et de graisse mécanique.

La porte de son local était entrouverte. Une lumière jaune, crue, s'en échappait. Je me suis approchée du chambranle, retenant mon souffle. Je m'attendais à le voir déchirer les pages, ou peut-être simplement le jeter dans un coin avec mépris.

Ce que j'ai vu m'a clouée sur place.

Antoine était assis à son établi, un plan de travail encombré de vis, de tournevis et de chiffons huileux. Le livre était posé devant lui, ouvert, comme un patient sur une table d'opération. Il tenait un petit pinceau enduit de colle blanche.

Avec une concentration de moine copiste, il appliquait la colle sur la tranche dénudée. Ses mains, ces mains immenses capables de broyer, bougeaient avec une précision d'orfèvre. Il a réaligné la couverture déchirée. Il a pressé doucement, lissant le carton pour chasser les bulles d'air. Il a pris un rouleau de ruban adhésif — celui qu'il utilisait pour les réparations électriques — et il a renforcé le dos de l'ouvrage, coupant l'excédent avec un cutter, net et sans bavure.

Il ne détruisait pas. Il réparait.

J'ai senti une bouffée de chaleur, un mélange de honte et d'attendrissement. C'était pathétique et beau. La brute qui soignait les livres. Je n'ai pas pu m'empêcher d'entrer.

— Vous faites de la reliure, maintenant, Antoine ?

Il a sursauté violemment. Le livre a glissé de ses mains, mais il l'a rattrapé in extremis. Il s'est tourné vers moi, le visage empourpré, comme un enfant pris la main dans le sac.

— Madame Dubois… Je… je l'ai trouvé par terre.

Il a bafouillé, cachant presque l'objet derrière son dos.

— Il allait finir à la poubelle, a-t-il ajouté, sur la défensive. Les gamins, ils ne respectent rien.

Je suis entrée complètement, refermant la porte derrière moi pour couper le courant d'air. L'endroit était exigu, saturé d'odeurs masculines. Je me sentais déplacée, une tache de soie crème dans un univers de cambouis.

— C'est un geste noble, ai-je dit doucement, m'approchant de l'établi. Montrez-moi.

Il a hésité, puis a posé le livre sur la table. La réparation était solide. Pas esthétique, certes — le scotch était un peu trop épais — mais fonctionnelle. Le livre vivrait encore.

— Vous avez des doigts de fée, ai-je murmuré, cherchant son regard. C'est étonnant.

Il a haussé les épaules, mal à l'aise, essuyant ses mains sur son bleu.

— Faut bien que quelqu'un répare ce qui est cassé. Sinon, tout part en vrac.

La phrase a résonné en moi avec un écho singulier. *Réparer ce qui est cassé.* C'était exactement ma mission. C'était ce que je faisais avec Élia. Nous étions pareils, au fond. Deux réparateurs dans un monde de destructeurs.

J'ai vu là une opportunité. Il était temps de rallier ce soldat silencieux à ma cause.

— Vous avez raison, Antoine. Tout part en vrac. Et vous savez pourquoi ?

Je me suis appuyée contre l'établi, envahissant son espace, le forçant à me regarder.

— Parce qu'il y a des gens qui cassent. Des gens qui prennent plaisir à briser.

Il a froncé les sourcils, ne comprenant pas où je voulais en venir.

— Les élèves sont maladroits, a-t-il grommelé. Ce n'est pas méchant.

— Je ne parle pas des élèves, Antoine. Je parle de ceux qui devraient donner l'exemple. De ceux qui ont le pouvoir.

J'ai marqué une pause, laissant le silence s'installer.

— Je parle de Monsieur Vasseur.

À l'évocation du nom, le visage d'Antoine s'est fermé. Il a détourné les yeux vers ses outils, attrapant un tournevis qu'il s'est mis à triturer nerveusement.

— Vous voyez ce qu'il fait, n'est-ce pas ? ai-je insisté, ma voix se faisant plus pressante. Vous voyez comment il traite la petite Mercier. Comment il la terrorise ? C'est lui qui déchire les pages, Antoine. C'est lui qui abîme.

Antoine a fixé le bout de son tournevis. J'ai vu sa mâchoire se contracter. Il avait ce tic, encore. Il se mordait la lèvre.

— Philippe… ce n'est pas un mauvais bougre, a-t-il lâché d'une voix sourde.

J'ai failli rire. *Pas un mauvais bougre ?* L'expression était si désuète, si inappropriée pour qualifier le monstre froid de la salle 104.

— Pas un mauvais bougre ? ai-je répété avec une ironie mordante. Il humilie une gamine de dix-sept ans en public, mais ce n'est « pas un mauvais bougre » ? Ouvrez les yeux, Antoine. Vous confondez la camaraderie et la morale.

Il a secoué la tête, têtu.

— On était en classe ensemble. Je le connais. Il est… raide. Il n'a pas toujours été raide. Mais il est droit.

Il a relevé les yeux vers moi, et j'y ai lu une lueur de défi inhabituelle.

— C'est le seul qui ne m'a jamais regardé de haut, à l'époque. Même après… après l'accident. Il ne m'a jamais jugé alors qu'il aurait dû ! Alors je ne le jugerai pas.

C'était touchant de naïveté. C'était de la loyauté tribale. Le pacte des hommes forts, des survivants. Il défendait son ancien camarade par principe, incapable de voir la perversité derrière la rigidité.

— La droiture peut être une arme, Antoine, ai-je répliqué sèchement. Et le silence aussi. En le défendant, vous cautionnez ce qu'il fait. Vous laissez le livre se faire déchirer.

Il n'a pas répondu. Il a pris le manuel réparé. Il l'a serré contre lui, comme pour le protéger de mes mots.

— Je vais le remonter au CDI, a-t-il dit, mettant fin à la conversation. Faut qu'il retourne à sa place.

Il m'a contournée pour sortir de la loge, massif et impénétrable. Je suis restée seule quelques secondes dans l'odeur de graisse et de colle, frustrée. Il était aveugle. Sa propre dette envers le passé l'empêchait de voir le présent.

Mais ce n'était pas grave. Je n'avais pas besoin de son accord. J'avais juste besoin qu'il soit témoin. Et tôt ou tard, même lui, avec sa loyauté d'animal fidèle, finirait par voir les fissures sur l'armure du Gardien.

J'ai lissé ma jupe et je suis sortie à mon tour. La guerre continuait, avec ou sans lui.

CHAPITRE 10

Le mardi suivant, la pluie avait cessé, remplacée par un ciel bas, d'un blanc laiteux, qui donnait au monde l'aspect d'une radiographie. Il était 17 h 30. Le CDI se vidait. Je rangeais des retours de prêts, savourant le claquement rythmé des livres que je glissais sur les étagères. C'était une musique apaisante, celle de l'ordre rétabli.

Élia était là. Elle était installée à sa table habituelle, celle du fond, dissimulée par le rayon Philosophie. Elle n'avait pas bougé depuis une heure. Elle écrivait. En regardant son téléphone par moment — cette génération ne sait pas s'en passer.

Je l'observais à la dérobée entre deux rangées de dictionnaires. La jeune fille était penchée sur un petit carnet à couverture noire, bon marché, écorné aux angles. Elle écrivait avec une frénésie silencieuse, la main crispée sur son stylo, comme si elle gravait le papier plus qu'elle ne le noircissait.

Soudain, Élia a relevé la tête. Elle a regardé l'heure sur son téléphone, a sursauté, et a fourré ses affaires dans son sac en toile avec une précipitation maladroite. Elle s'est levée, a jeté son sac sur son épaule et s'est dirigée vers la sortie, tête basse.

Je l'ai suivie du regard. J'attendais un signe, un regard, une connivence. Mais Élia ne s'est pas retournée. Elle a franchi les portiques de sécurité et a disparu dans le couloir. J'ai soupiré, déçue.

Je m'apprêtais à retourner à mon bureau quand quelque chose a attiré mon attention. Sur la table du fond, une tache noire jurait sur le stratifié clair.

Le carnet. Elle l'avait oublié.

Je me suis immobilisée. Mon cœur a fait un bond désagréable dans ma poitrine, un mélange d'excitation et de culpabilité. Le règlement était clair : tout objet oublié devait être apporté à la Vie Scolaire, étiqueté, et rendu à son propriétaire. Mais le règlement ne s'appliquait pas aux âmes en péril.

Je me suis approchée de la table. Le carnet reposait là, innocent et terrible. Il était fermé. C'était une boîte de Pandore en carton bouilli. J'ai tendu la main. J'ai effleuré la couverture. Elle était tiède.

Je l'ai ouvert.

Ce n'était pas un cahier de cours. C'était un charnier.

Les premières pages étaient couvertes de dessins au stylo bille noir. Des traits violents, hachurés, qui représentaient des grilles, des barreaux, des vitres brisées. Et au milieu, des yeux. Des dizaines d'yeux qui regardaient.

J'ai tourné les pages, le souffle court. Après les dessins venaient les mots. L'écriture n'était pas celle, soignée, des lettres que je recevais. C'était une écriture défaite, une écriture de naufrage.

« Il ne mange pas de viande. Il mange de l'espace. Il grignote l'air autour de moi jusqu'à ce que j'étouffe. »

J'ai senti un frisson glacé me parcourir l'échine. J'ai tourné la page.

« Aujourd'hui, il a vérifié ma tenue. Il a dit que mon col était mal mis. Il a tendu la main. J'ai cru qu'il allait me toucher la gorge. J'ai arrêté de respirer. Il ne m'a pas touchée. Il a juste souri. Il se nourrit de ma peur. Il la boit à la paille. »

J'ai dû m'asseoir sur la chaise qu'Élia venait de quitter. Mes jambes ne me portaient plus. Ce que je lisais dépassait le harcèlement scolaire. C'était de la prédation pure.

Et puis, au milieu d'une page raturée avec rage, un mot sautait aux yeux, écrit en majuscules, encadré, souligné jusqu'à trouer le papier :

L'OGRE.

En dessous, un texte court, sans ponctuation, comme un vomissement de terreur :

« L'Ogre a faim il est propre il est bien habillé il sent le savon et le vieux papier mais sous son casque c'est une bouche une immense bouche qui attend il veut que je sois sage que je sois tendre pour mieux me digérer il m'a dit que je devais apprendre la discipline la discipline c'est la sauce dans laquelle il va me manger. »

J'ai refermé brutalement le carnet. J'avais la nausée.

L'image de Philippe Vasseur, avec ses costumes impeccables et son obsession de l'hygiène, s'est superposée au mot « Ogre ». Tout prenait un sens monstrueux. Sa rigidité n'était pas une armure, c'était un piège à mâchoires. Il voulait des élèves « tendres ». Il voulait les briser pour les consommer.

J'ai serré le carnet contre ma poitrine. J'avais l'impression de tenir une preuve médico-légale. Ce n'était plus des allégations poétiques. C'était le journal de bord d'une victime qui documentait sa propre fin.

Je me suis levée, chancelante. Je ne pouvais pas laisser ce carnet ici. Je ne pouvais pas le rendre à la Vie Scolaire. Ils ne comprendraient pas. Ils le rendraient à Élia, ou pire, ils convoqueraient les parents et tout s'arrêterait, étouffé par l'administration. Je l'ai glissé dans mon sac à main, enfouissant l'horreur sous mes affaires personnelles.

Dehors, la nuit tombait déjà, transformant les vitres du CDI en miroirs noirs. J'y ai vu mon propre reflet, pâle, déformé.

— Je t'ai vu, l'Ogre, murmurai-je, terrifiée et fascinée par ma propre découverte. Je sais ce que tu es.

CHAPITRE II

Mon CDI avait changé de fonction. Ce n'était plus un centre de documentation, c'était un panoptique. Et j'en étais la gardienne omnisciente. Depuis ma découverte du carnet noir, quelque chose s'était brisé dans ma déontologie. Les règles de l'institution, le respect de la vie privée, la distance pédagogique : tout cela me semblait désormais dérisoire, des obstacles bureaucratiques que je devais enjamber pour accomplir ma mission sacrée.

J'avais acheté un petit carnet à spirale, moi aussi. Je le gardais dans la poche de mon cardigan, contre ma chaleur. Dès 7 h 45, j'étais à mon poste. Je ne rangeais plus les livres. Je guettais.

« 7 h 52 : Arrivée de V. Parking nord. Démarche rapide. Vérifie sa montre deux fois avant d'entrer. »

Je notais tout. Je notais ses heures de cours, ses pauses café, ses trajets vers la salle des profs. J'apprenais la mécanique du monstre par cœur. Je savais qu'il prenait son café sans sucre (signe d'une âme sèche), qu'il ne parlait à personne dans les couloirs (signe de son mépris), et qu'il passait toujours par l'escalier B pour éviter la foule (signe de sa culpabilité).

À travers la vitre de mon bocal, je le fixais avec une intensité qui aurait dû le brûler. Quand il traversait la cour, j'analysais chaque geste. S'il remettait sa cravate en place, j'y voyais la pulsion d'étranglement. S'il tenait une règle, j'y voyais une arme.

Je ne surveillais pas seulement le bourreau. Je surveillais la victime. C'était pour son bien, me répétais-je. Pour la « protéger ». Dès qu'Élia avait une heure de permanence, je m'arrangeais pour être là. Je la suivais du regard entre les rayonnages. Si elle allait aux toilettes, je notais l'heure de sortie et l'heure de retour, angoissée à l'idée qu'elle puisse croiser l'Ogre dans un couloir désert. Je devenais l'ombre de l'ombre. Une présence suffocante, maternelle et policière.

Ce jeudi après-midi, la tension était devenue insupportable. Vasseur surveillait une épreuve de bac blanc dans l'aile ouest. Le champ était libre, mais mon angoisse ne retombait pas. J'avais besoin de contact. J'avais besoin de sceller le pacte physiquement.

J'ai repéré Élia dans l'allée des Fictions, rayon « Littérature du XIXe ». La jeune fille cherchait un livre, ou faisait semblant. Elle passait son doigt fin sur les tranches colorées, le regard vide.

J'ai quitté mon bureau. Je n'ai fait aucun bruit sur la moquette. Je me suis approchée, prédatrice bienveillante. Élia était au fond de l'allée, là où les rayonnages sont hauts et proches, formant un cul-de-sac intime. Je me suis avancée et je me suis plantée à l'entrée de l'allée. Je bouchais la sortie. Je bloquais l'issue.

Élia a tourné la tête et a sursauté violemment. Elle a plaqué son livre contre sa poitrine. Ses yeux se sont agrandis.

— Madame ?

— Chut, fis-je en posant un index sur mes lèvres.

J'ai fait un pas de plus. L'espace entre nous s'est réduit. C'était une invasion. Une violation de l'espace vital qu'aucun professeur n'aurait dû se permettre. Mais je n'étais plus une professeure.

— Je te surveille, Élia, murmurai-je avec une ferveur qui devait faire briller mes yeux derrière mes lunettes.

La jeune fille a reculé jusqu'à toucher le rayonnage métallique avec son dos. Elle semblait terrifiée. Et pour cause : la femme qui lui faisait face avait l'air illuminée, vibrante d'une énergie instable.

— Je… je ne comprends pas, a-t-elle balbutié.

— Je veille sur toi. Je note tout. Je sais quand il arrive, je sais quand il part. Il ne peut plus te surprendre. Je suis le mur entre lui et toi.

J'ai tendu la main. J'ai hésité une seconde, puis j'ai posé ma paume sur l'épaule d'Élia. J'ai senti la chair de la jeune fille se contracter sous le pull beige.

— J'ai lu ton carnet, Élia.

Son visage s'est décomposé. J'ai vu sa bouche s'entrouvrir, ses yeux se voiler de panique.

— Vous… vous l'avez lu ?

— Oui. Et j'ai vomi de chagrin pour toi. C'est fini, tout ça. Tu m'entends ?

J'ai serré les doigts sur son épaule, un peu trop fort. C'était une étreinte qui ressemblait à une capture.

— Je ne le laisserai plus t'approcher. Je ne le laisserai pas te faire du mal. Je serai ton bouclier. Si l'Ogre veut manger, il devra me mordre d'abord.

J'ai approché mon visage du sien, abolissant les dernières barrières. J'ai chuchoté, comme une conspiratrice :

— Fais-moi confiance. La vitre est ouverte.

Élia m'a regardée, les yeux immenses, humides. Elle semblait tétanisée par tant d'intensité. Elle a hoché la tête, lentement, docilement. Une petite chose fragile qui accepte la protection de la grande dame.

— Merci… a-t-elle soufflé.

J'ai relâché mon étreinte, satisfaite. J'ai reculé, libérant le passage, et je lui ai offert un sourire complice, un sourire de mère guerrière.

— Va maintenant. Je couvre tes arrières.

Élia s'est glissée hors de l'allée, frôlant mon corps, et s'est éloignée rapidement vers les tables de travail. Je suis restée seule entre les livres, le cœur gonflé d'orgueil. J'avais fait une promesse solennelle. Je me sentais héroïque.

Je n'ai pas perçu la brutalité de l'instant. Je n'ai pas réalisé que je venais de l'acculer physiquement, de lui couper toute retraite entre ces murs de métal. Dans mon esprit exalté, cette contrainte n'était pas une agression, c'était un abri. Je ne l'avais pas piégée ; je l'avais mise en sécurité. Aveuglée par ma propre ferveur, je ne voyais pas la violence de mon geste, je ne voyais que la grandeur de mon sacrifice.

CHAPITRE 12

Je ne pouvais pas garder cette horreur pour moi. Le carnet noir brûlait dans mon sac à main comme une pierre radioactive. Depuis deux jours, je relisais les pages en boucle, m'imprégnant de la terreur d'Élia, de ces dessins d'yeux qui me fixaient, de cette description clinique de « l'Ogre » qui la mangeait vivante.

Je ne pouvais plus me contenter de surveiller. Il fallait abattre la bête. Mais pour abattre une bête de cette taille, une bête protégée par l'institution, par son costume et par le silence complice des autres, je ne pouvais pas être seule. Il me fallait un bras armé.

J'ai cherché Antoine. Je savais où le trouver. Il n'était pas dans sa loge. Il était dans le couloir du sous-sol, près de la chaufferie, en train de purger un radiateur. Je l'ai vu de loin, agenouillé, tournant une petite clé avec cette patience minérale qui m'agaçait autant qu'elle me fascinait.

Je me suis approchée. Je ne marchais pas sur la pointe des pieds cette fois. Je marchais vite, talonnée par l'urgence.

— Antoine.

Il ne s'est pas retourné tout de suite. Il a fini son tour de clé, a essuyé une goutte d'eau sale avec un chiffon, et s'est relevé lentement. Il m'a regardée avec une lassitude qui m'a semblé insolente.

— Madame Dubois.

— Il faut qu'on parle. Maintenant.

— J'ai du travail, a-t-il grommelé en ramassant sa caisse à outils.

Il a voulu me contourner, fuir comme la dernière fois. Mais je lui ai barré la route. Je me suis plantée devant lui, petite et vibrante de rage face à sa masse inerte.

— Arrêtez de fuir ! ai-je sifflé. Vous ne pouvez plus faire semblant de ne rien voir.

Il s'est arrêté, le visage fermé. Il a regardé ailleurs, fixant un point au-dessus de mon épaule.

— Je ne sais pas de quoi vous parlez.

— Vous savez très bien. Vous le connaissez. Vous savez ce qu'il est.

J'ai fait un pas vers lui, réduisant l'espace, le forçant à sentir mon indignation.

— J'ai lu, Antoine. J'ai lu ce qu'il lui fait. Ce n'est pas juste de la sévérité. C'est de la destruction. Il est en train de la vider. Il la mange de l'intérieur.

Antoine a serré la poignée de sa caisse à outils. Ses jointures ont blanchi. Il a eu ce tic, encore. Il s'est mordu la lèvre.

— C'est des histoires, a-t-il murmuré, mais sa voix manquait de conviction. Philippe, il n'est pas…

— Taisez-vous !

Mon cri a résonné dans le couloir vide, ricochant sur les tuyaux de la chaufferie. Je me moquais que quelqu'un m'entende. Je voulais briser sa carapace d'indifférence.

— Arrêtez de le défendre ! Arrêtez de protéger le bourreau par… par solidarité masculine mal placée ! Aidez-moi, bon sang ! J'ai besoin de vous pour témoigner. J'ai besoin que vous disiez ce que vous avez vu l'autre jour au CDI. La terreur dans ses yeux. Vous l'avez vue !

Il a secoué la tête, obstiné, le regard rivé au sol.

— Je n'ai rien vu. J'ai vu un prof qui engueulait une élève pour un sac. C'est tout.

— C'est tout ?

J'ai senti les larmes me monter aux yeux, des larmes de frustration pure. Il était un mur. Un mur stupide et sourd.

— Vous attendez quoi, Antoine ? Vous attendez qu'il soit trop tard ? Comme la dernière fois ?

Il a relevé la tête brusquement. J'avais touché le nerf. J'ai vu une lueur de douleur passer dans ses yeux sombres, vite remplacée par une colère sourde. Mais je n'ai pas reculé. J'ai enfoncé le clou.

— Elle pourrait mourir si vous ne faites rien ! Vous m'entendez ? Elle pourrait mourir !

J'ai hurlé ces mots au visage d'Antoine. Je voulais qu'ils lui fassent mal. Je voulais qu'il voie le corps d'Élia brisé au bas d'un escalier, comme celui de Lise.

— C'est ça que vous voulez ? Une autre tombe à fleurir ? Une autre culpabilité à traîner pendant vingt ans ?

Antoine a reculé d'un pas, comme si je l'avais frappé. Il respirait fort par le nez, comme un taureau acculé. Il a ouvert la bouche, peut-être pour crier, peut-être pour avouer qu'il avait peur lui aussi.

Mais il n'a rien dit.

Il a refermé sa bouche. Il a baissé les yeux. Il s'est enfermé à double tour dans son mutisme. Il a contourné mon corps tremblant sans un mot, rasant le mur, et s'est éloigné vers l'escalier à grandes enjambées lourdes.

Je suis restée seule dans le couloir froid. J'étais hors de moi. Mes mains tremblaient tellement que j'ai dû m'appuyer contre le mur crêpé.

Il ne m'aiderait pas. Il était complice. Par lâcheté, par bêtise, par fidélité aveugle, peu importait. Il avait choisi son camp.

— Très bien, ai-je murmuré dans le silence de la chaufferie.

J'ai essuyé mes joues d'un revers de main rageur.

— Si les hommes se taisent, je crierai pour deux.

J'ai remonté l'escalier, le cœur durci comme une pierre. Je n'avais plus besoin d'alliés. J'avais ma haine, et elle suffirait à tout brûler.

CHAPITRE 13

Le vendredi s'est levé sur Montreval comme un mauvais présage. Le ciel n'était pas gris, il était jaune, d'un jaune bilieux et malsain qui annonçait l'orage ou la maladie.

Au CDI, je n'ai pas allumé les néons. J'ai laissé cette lumière soufrée envahir l'espace, donnant à mon aquarium des allures de bocal rempli de formol. Je n'avais pas dormi. La nuit avait été une longue insomnie peuplée des fantômes de mes échecs. Je revoyais le dos d'Antoine Sorel s'éloigner dans le couloir de la chaufferie. Je réentendais son silence, ce refus obstiné qui m'avait laissée seule face au danger.

Il ne m'aiderait pas. J'étais seule. Je l'avais toujours été, mais ce matin-là, ma solitude avait le poids d'une armure de plomb.

Dès huit heures, je me suis postée derrière ma vitre. J'ai attendu. J'avais besoin de voir Élia. J'avais besoin de scruter son visage pour y lire les dégâts de la veille, pour jauger combien de temps il nous restait avant que Vasseur ne finisse de la briser.

Chaque minute était une goutte d'acide. 8 h 15. La sonnerie. Le brouhaha des élèves. 8 h 30. Le silence retombe. Pas d'Élia.

J'ai essayé de travailler. J'ai pris une pile de fiches de catalogage. Mes mains tremblaient tellement que je n'arrivais pas à tenir mon stylo. J'ai fait une tache d'encre sur une fiche cartonnée. Une tache noire, irrégulière, qui ressemblait à un insecte écrasé. Je l'ai fixée longtemps, fascinée par ce présage minuscule.

Neuf heures. Toujours rien.

L'absence d'Élia n'était pas un vide, c'était une présence. C'était un trou noir qui aspirait tout l'oxygène de la pièce. D'habitude, je sentais son arrivée. Je percevais cette vibration timide, ce courant d'air froid qu'elle traînait avec elle. Aujourd'hui, l'air restait mort. Stagnant.

J'ai commencé à imaginer le pire. Et si elle ne venait plus ? Et si Vasseur l'avait tellement terrorisée qu'elle n'osait plus sortir de chez elle ? Ou pire…

Cette pensée m'a fait bondir de ma chaise. J'ai fait les cent pas dans mon bocal, incapable de tenir en place. Je frottais mes bras, transie par un froid intérieur que le chauffage poussif du lycée ne pouvait pas combattre.

10 h 15. La récréation. C'était son heure. Elle venait toujours à la récréation. Elle se glissait entre les rayons comme une ombre pour déposer ses messages, pour chercher mon regard.

J'ai collé mon front contre la vitre. J'ai vu le flot des élèves se déverser dans le couloir. J'ai cherché le pull beige. J'ai cherché la tête basse, les cheveux en rideau. J'ai vu des rires, des bousculades, des couples qui s'enlaçaient. La vulgarité de la vie qui continue. Mais je n'ai pas vu ma noyée.

10 h 30. Le couloir s'est vidé. La sonnerie a retenti, scellant la fin de l'espoir. Elle n'était pas venue.

Une certitude glacée m'a traversé le ventre. Ce n'était pas un oubli. C'était une rupture. Quelque chose s'était passé. Le fil ténu qui nous reliait s'était tendu jusqu'au point de rupture.

Je ne pouvais plus rester là à attendre. L'attente était une torture. Je devais savoir. Je suis sortie de mon bureau. Je n'ai pas marché, j'ai glissé sur le sol, aspirée par le rayon Sciences Humaines comme par un aimant.

L'allée était déserte, baignée dans une pénombre poussiéreuse. *Psychologie des foules* était là, à sa place, sur l'étagère du bas. Il semblait plus sombre que d'habitude. Plus lourd.

Je me suis agenouillée. J'ai tendu la main. J'ai effleuré la tranche. J'ai senti une vibration. Pas celle du papier, mais celle de mon propre sang qui battait à l'extrémité de mes doigts.

J'ai tiré le livre. Il s'est ouvert tout seul, habitué à notre manège clandestin.

Il y avait quelque chose.

Ce n'était pas la feuille de cahier d'écolier habituelle, avec ses carreaux bleus rassurants et sa marge rouge. Non. C'était une feuille volante, au papier épais, grainé, presque jauni. Elle avait dû l'arracher à un vieux carnet, peut-être un journal intime qu'elle gardait caché. Le papier semblait fatigué, fragile, comme s'il portait déjà le poids des années ou des larmes.

J'ai déplié la feuille. Le bruit était sec, craquant.

L'écriture… Mon Dieu, l'écriture.

Ce n'était plus la calligraphie soignée de ses premières lettres. Ce n'était pas non plus l'écriture hachée de la colère. C'était une écriture qui s'effondrait. Les lettres penchaient dangereusement vers la droite, comme couchées par un vent violent. L'encre n'était pas bleue, mais noire, d'un noir passé, grisâtre. Certains mots étaient à peine lisibles, griffonnés dans une urgence absolue, comme si la main qui tenait le stylo luttait contre une force invisible qui voulait l'empêcher de laisser une trace.

Je n'ai pas lu tout de suite. J'ai regardé la forme du texte. Il n'y avait pas de paragraphes. C'était un bloc compact, étouffant. Un mur de mots sans respiration.

J'ai pris une inspiration tremblante, et j'ai plongé.

« Je suis au bord. Je croyais pouvoir tenir le mur, mais le mur s'effrite sous mes doigts. Il n'y a plus de prise. Il n'y a plus d'oxygène ici. Chaque respiration est une coupure de rasoir dans ma gorge. Je regarde en bas et le vide ne me fait plus peur. Il m'appelle. Il a une voix douce, bien plus douce que le vacarme du monde, bien plus douce que le silence des couloirs. »

J'ai dû m'asseoir par terre, mes jambes se dérobant sous moi. La moquette rêche m'a éraflé les genoux, mais je ne l'ai pas sentie.

« Pourquoi lutter contre la gravité quand on est déjà cassé ? À quoi bon recoller les morceaux si c'est pour qu'ils se disloquent au moindre choc ? Je suis fatigué de faire semblant d'être solide. Je suis fatigué de porter ce masque qui me brûle la peau. Je ne veux plus être un morceau de verre qui attend l'impact. Je veux être la poussière. Juste de la poussière. Invisible. Insaisissable. Apaisée. »

Les larmes ont brouillé ma vue, tombant sur le papier précieux. J'ai essuyé mes yeux d'un geste rageur. Je ne devais pas perdre un mot. Je devais boire ce calice jusqu'à la lie.

« Pardon. Pardon de ne pas être assez fort. Pardon de lâcher prise. Je sais que tu voulais que je tienne. Mais mes mains glissent. Bientôt, je vais laisser le froid entrer pour de bon. Je ne fermerai pas la fenêtre. Je vais éteindre la lumière. Adieu. »

« Adieu. »

Le mot était là, posé en bas de la page, minuscule, définitif. Il n'y avait pas de signature. Pas de « M. », pas de « É. » Juste cet adieu nu.

J'ai relu la dernière phrase. *« Ce soir, je laisserai le froid entrer pour de bon. Je vais éteindre la lumière. »*

Une horreur absolue m'a saisie. Ce n'était pas une métaphore. Ce n'était pas de la poésie. C'était un programme.

Elle parlait de « bientôt ». Mais dans la langue des désespérés, « bientôt » est une échéance qui peut basculer à chaque seconde. « Éteindre la lumière »… Je revoyais le visage d'Élia, sa pâleur, ses yeux cernés. Je repensais à notre dernière conversation, à ce moment où elle m'avait dit que je l'empêchais de se durcir.

J'avais cru qu'elle me rejetait. Je m'étais trompée. Elle ne me rejetait pas. Elle me disait adieu. Elle s'éloignait pour ne pas m'éclabousser avec son sang.

« Je veux être la poussière. »

Cette phrase m'a transpercée. C'était la reddition totale. L'Ogre avait gagné. Il l'avait vidée de toute volonté de vivre. Il l'avait convaincue qu'elle n'était rien, qu'une erreur à effacer.

Une rage volcanique a remplacé ma terreur. Une rage qui partait du ventre et qui me brûlait la gorge.

— Non, ai-je sifflé entre mes dents. Tu ne gagneras pas.

J'ai froissé la lettre dans mon poing. Je sentais le papier craquer, fragile et cassant comme des os d'oiseau. C'était une preuve. C'était un testament.

Je me suis relevée avec difficulté, comme une vieille femme. Mes articulations étaient raides. Mais une fois debout, une énergie nouvelle m'a envahie. L'énergie du désespoir.

Je ne pouvais plus attendre. Je ne pouvais plus ruser, enquêter, monter des dossiers. Le temps du papier était révolu. C'était le temps du sang.

Si elle voulait « éteindre la lumière », je devais, moi, provoquer un incendie. Je devais brûler le monstre pour que la fumée la fasse sortir de sa cachette. Je devais lui offrir un sacrifice tellement spectaculaire qu'elle serait obligée de rester en vie pour le voir.

J'ai regardé ma montre. 10 h 45. Vasseur était en cours. Il était là-haut, dans sa tour d'ivoire, en train de pontifier devant d'autres victimes, ignorant qu'il venait de signer son arrêt de mort.

J'ai sorti la lettre de ma main, je l'ai lissée grossièrement contre ma cuisse, et je l'ai fourrée dans ma poche. Je sentais sa chaleur contre ma peau. C'était le cœur battant d'Élia que je portais.

Je suis sortie de l'allée. Je n'ai pas pris le temps de fermer le CDI. Je n'ai pas pris mon sac. Je n'ai même pas vérifié si mes lunettes étaient droites. Je n'avais plus besoin de voir clair. Je voyais rouge.

J'ai franchi la porte à battants d'un coup d'épaule violent. Le couloir s'ouvrait devant moi, long, vide, silencieux. C'était la piste de décollage de ma vengeance.

— J'arrive, Élia, ai-je murmuré. Ne saute pas. J'arrive.

Et je me suis mise à courir.

CHAPITRE 14

Une pensée fulgurante m'a traversée, glaciale : *Et si c'était trop tard ?*

Dénoncer Vasseur maintenant, c'était punir le coupable, mais ça ne sauvait pas la victime. Si Élia était en train de « laisser le froid entrer » quelque part dans le lycée, chaque seconde passée dans un bureau administratif à remplir des formulaires la rapprochait de la fin. Je ne pouvais pas perdre de temps avec la bureaucratie. Je devais d'abord la trouver. Vivante.

J'ai fait volte-face. J'ai tourné le dos à l'administration pour plonger dans les entrailles du lycée. J'ai commencé une traque fiévreuse, méthodique, désespérée.

J'ai fouillé le bâtiment comme on fouille un corps malade. J'ai commencé par les toilettes du deuxième étage. J'ai poussé les portes des cabines une à une, le cœur au bord des lèvres, terrifiée à l'idée de trouver des pieds qui ne touchent plus le sol.

Rien. Juste des graffitis au feutre noir, des insultes gravées dans la peinture écaillée et l'odeur piquante de l'eau de Javel.

Je suis descendue vers l'aile des Sciences. J'ai regardé par les hublots des laboratoires. Des élèves en blouse blanche manipulaient des éprouvettes avec une insouciance qui me donnait envie de hurler. Ils riaient. Ils vivaient. Ils ne savaient pas qu'une tragédie se jouait à quelques mètres d'eux.

Pas d'Élia.

Je suis descendue au sous-sol, près des casiers. Le bruit y était assourdissant. J'ai croisé une surveillante, Nadia, qui pianotait sur son téléphone, adossée à un pilier. Je l'ai agrippée par le bras, mes ongles s'enfonçant sans doute un peu trop dans la laine de son gilet.

— Vous avez vu Élia Mercier ?

Elle a sursauté, surprise par ma véhémence. Elle a retiré son écouteur, me dévisageant comme si j'étais folle.

— Euh… la petite blonde de Première ? Non. Pourquoi ? Elle a séché ?

— Si vous la voyez, vous m'appelez. Tout de suite. C'est une urgence absolue.

Je ne lui ai pas laissé le temps de poser d'autres questions. Je suis repartie. J'ai traversé la cour sous la pluie fine qui recommençait à tomber, me collant les cheveux au front. J'ai cherché dans les coins morts, derrière le gymnase, là où les élèves vont fumer pour se cacher du monde.

Il n’y avait personne. Juste des mégots écrasés dans les flaques et le vent qui sifflait entre les murs de béton.

Les heures ont passé, floues, déformées par mon angoisse. 14 heures a sonné, puis 15 heures. J’ai raté mon déjeuner. Je n’ai pas bu une goutte d’eau. Je marchais, je montais les escaliers, je les redescendais, hantée par la phrase de la lettre : *« Je vais éteindre la lumière. »*

Où était-elle ? Chez elle ? Non, la lettre disait *« ici »*. *« Il n’y a plus d’oxygène ici. »* Elle était là. Quelque part. Cachée dans un interstice que je ne connaissais pas, recroquevillée dans le noir, attendant la fin.

J’ai interrogé des élèves au hasard dans les couloirs lors des interclasses.

— Vous avez vu Élia Mercier ?

Ils haussaient les épaules, me regardaient avec cet air bovin des adolescents dérangés dans leur léthargie.

— Non, m’dame. Pas vue.

Personne ne l’avait vue. Elle s’était volatilisée. C’était comme si le lycée l’avait avalée, digérée. Elle était devenue transparente, comme elle l’avait prédit. *« Je veux être la poussière. »*

16 h 30. La sonnerie de la fin des cours a retenti, lugubre. Le glas.

Le lycée a commencé à se vider pour de bon. Le bruit a reflué vers les grilles de sortie, laissant la place à ce silence de béton que je connaissais si bien, mais qui me semblait aujourd'hui plus menaçant que jamais. La nuit tombait vite, avalant les couloirs.

J'étais épuisée. Mes jambes tremblaient, mes pieds me brûlaient dans mes talons. J'avais échoué. Je ne l'avais pas trouvée. Peut-être était-il déjà trop tard. Peut-être que demain, on la retrouverait froide dans un recoin oublié.

Je suis retournée au CDI, vaincue. Je marchais comme une somnambule, longeant les murs. J'allais récupérer mes affaires, fermer mon bocal, et peut-être appeler la police. Je ne pouvais plus gérer ça seule. C'était trop lourd pour mes épaules.

J'ai poussé la porte à battants. Le CDI était plongé dans la pénombre. Seule la lumière des lampadaires de la cour filtrait à travers les baies vitrées, dessinant des rectangles orange et spectraux sur la moquette.

L'odeur des livres, d'habitude si rassurante, me prit à la gorge. Une odeur de poussière et de temps mort.

Je me suis dirigée vers mon bureau vitré pour prendre mon sac. Je voulais fuir cet endroit. Et je me suis arrêtée net. Sur mon sous-main, bien en évidence au centre du cuir vert, il y avait quelque chose. Une enveloppe.

Ce n'était pas une feuille volante cette fois. C'était une enveloppe kraft épaisse, format A4, scellée. Elle n'y était pas ce matin. Elle n'y était pas quand je suis partie en courant. Quelqu'un l'avait déposée pendant ma ronde folle. J'ai regardé autour de moi, scrutant l'ombre des rayonnages.

— Élia ? ai-je appelé.

Ma voix s'est brisée dans le silence. Personne n'a répondu.

Je me suis approchée du bureau, le cœur battant à tout rompre. J'ai tendu la main vers l'enveloppe. Elle était lourde. Épaisse. Elle était revenue. Elle était vivante. Ou alors… c'était son testament complet. L'explication finale avant le grand saut.

J'ai caressé le papier kraft rugueux. Il n'y avait aucun nom dessus. Juste cette présence massive, posée là comme une bombe à retardement. Je me suis laissée tomber dans mon fauteuil, à bout de forces, les yeux rivés sur l'enveloppe. Je devais l'ouvrir. Je devais savoir. Mais mes mains refusaient de bouger, tétanisées par la peur de ce que j'allais y lire.

CHAPITRE 15

J'ai déchiré le papier kraft. Le bruit a claqué dans le silence du CDI comme un os qui rompt.

Mes mains tremblaient, mais pas de peur. Elles tremblaient de cette impatience terrible qui précède les catastrophes. J'ai renversé l'enveloppe sur le sous-main. Une liasse de feuilles est tombée. Ce n'était pas le papier jauni et ranci de ce matin. C'était du papier d'écolier, à carreaux, arraché à un cahier spiral.

Il y avait des pages et des pages. Une écriture dense, serrée, sans ratures. Une écriture chirurgicale.

J'ai allumé ma lampe de bureau. Le cercle de lumière a frappé le premier feuillet. J'ai commencé à lire.

Dès la première phrase, j'ai su.

Ce n'était pas une lettre d'adieu. Ce n'était pas un poème sur le vide ou la poussière. C'était un rapport. Un procès-verbal dressé par la victime elle-même.

Je n'ai pas lu les mots, je les ai reçus. Ils me frappaient au visage, l'un après l'autre, avec la violence de coups de poing. « La Serre ». « Le froid ». « La ceinture ».

Je me suis levée. Ma chaise a reculé dans un grincement aigu, mais je ne l'ai pas entendu. Le monde autour de moi avait disparu. Il n'y avait plus de CDI, plus de pluie, plus de lycée. Il n'y avait que l'horreur pure qui se dégageait de ces feuilles.

Je voyais. Je voyais la scène décrite avec une précision insoutenable. Je voyais l'enfant à genoux. Je voyais l'homme debout. Je voyais les gestes, banals, sales, mécaniques.

J'ai eu un haut-le-cœur. J'ai dû poser mes deux mains à plat sur le bureau pour ne pas tomber.

— Le monstre… ai-je soufflé.

Ce n'était plus une métaphore. Vasseur n'était pas un « Gardien » rigide qui brisait les âmes par sa froideur. C'était un prédateur. Un criminel sexuel caché derrière une cravate.

J'ai regardé l'heure. 16 h 45. Il était encore là. Il traînait souvent en salle des profs ou dans son bureau après les cours.

Une mutation s'est opérée en moi. La peur a disparu. L'angoisse pour Élia s'est vitrifiée pour devenir une arme. Je n'étais plus la documentaliste inquiète qui cherchait une élève disparue. J'étais la Némésis. J'étais la main de la justice qui allait s'abattre.

J'ai rassemblé les feuilles. Je ne les ai pas remises dans l'enveloppe. Je voulais qu'elles soient prêtes. Je les ai serrées dans mon poing gauche, les froissant à peine.

Je suis sortie du bocal. Je n'ai pas couru. On ne court pas pour aller rendre la justice. On marche.

J'ai traversé le CDI, le couloir, le hall. Mes talons martelaient le sol avec un rythme lourd, implacable. *Boum. Boum. Boum.* C'était le bruit du destin qui arrivait.

Je suis arrivée devant l'administration. La secrétaire, Madame Harel, rangeait ses affaires. Elle a levé la tête, a vu mon visage, et s'est figée. Elle n'a pas osé me parler. Elle a vu que je ne m'arrêterais pas.

Je me suis dirigée vers la porte capitonnée. *M. Le Proviseur.*

J'ai entendu des voix à l'intérieur. Une voix basse, conciliante — celle de Delorme. Et une autre voix, plus sèche, plus coupante.

La sienne.

Il était là. Le hasard n'existait plus. C'était écrit. Il fallait qu'il soit là pour recevoir la foudre.

Je n'ai pas frappé. J'ai saisi la poignée et j'ai poussé le battant de toutes mes forces. La porte a cogné contre la butée avec un fracas de tonnerre.

Ils ont sursauté tous les deux.

Le bureau était plongé dans une demi-pénombre feutrée, une ambiance de club anglais qui puait le compromis et la lâcheté. Delorme était assis derrière son bureau massif. Vasseur était dans le fauteuil visiteur, de dos.

Il s'est retourné lentement. Il avait ce visage cireux, ce regard vide que je lui connaissais, cette arrogance de l'intouchable.

— Madame Dubois ? a commencé le Proviseur, se levant à moitié. Je suis en entretien, vous ne pouvez pas…

— Taisez-vous !

Mon cri a claqué comme un fouet. Delorme s'est rassis, bouche bée. Il n'avait jamais vu cette femme-là. Il n'avait jamais vu la fureur pure.

Je ne l'ai pas regardé. J'ai marché droit sur Vasseur. Je suis entrée dans son espace, violant cette distance de sécurité qu'il chérissait tant. Je l'ai surplombé.

Il a levé les yeux vers moi. J'ai vu ses pupilles se dilater. Il a vu les feuilles dans ma main. Et il a compris.

J'ai vu la compréhension traverser son visage comme une fissure sur un pare-brise. Il n'a pas posé de question. Il n'a pas froncé les sourcils. Il a blêmi. Une décoloration totale, effrayante, qui a vidé son visage de tout sang en une fraction de seconde.

— Tu croyais qu'elle allait se taire ? ai-je sifflé, ma voix tremblant de haine. Tu croyais que tu pouvais l'écraser dans le noir, dans la « Serre », et qu'elle ne dirait rien ?

Vasseur a ouvert la bouche. Aucun son n'est sorti. Juste un petit claquement humide. Il a porté la main à sa cravate, tirant dessus comme s'il étouffait.

— Elle a tout écrit, Philippe. Tout.

J'ai levé la liasse de papiers, la brandissant comme une sentence de mort.

— Chaque geste. Chaque mot. Chaque seconde de ce que tu lui as fait.

Vasseur s'est effondré. Littéralement. Son corps a semblé se liquéfier dans le fauteuil. Ses épaules sont tombées, sa tête a basculé en arrière, ses mains sont retombées inertes le long des accoudoirs. Il n'était plus un homme. Il était un tas de vêtements gris. Un pantin dont on avait coupé les fils.

Il regardait les feuilles avec une terreur absolue. La terreur de l'animal pris au piège.

— C'est… a-t-il bégayé.

— C'est ton œuvre, ai-je coupé. Et je vais la lire.

Je me suis tournée vers Delorme, qui nous regardait avec des yeux ronds, horrifié.

— Écoutez bien, Monsieur le Proviseur. Écoutez ce que ce monstre a fait dans votre lycée.

J'ai déplié le premier feuillet. Mes mains ne tremblaient plus. J'étais calme. D'un calme terrifiant.

J'ai pris une inspiration. Et j'ai commencé à lire.

CHAPITRE 16

Ma voix n'a pas tremblé. Elle s'est élevée dans le silence feutré du bureau, blanche, mécanique, dénuée de toute émotion humaine. Je n'étais pas une lectrice. J'étais un haut-parleur.

« À toi qui es passée de l'autre côté. J'ai mis des jours à écrire ça. Des jours à frotter ma peau sous la douche pour essayer d'enlever l'odeur. Mais l'odeur est sous l'épiderme. C'était lundi. Il était 17 heures. Le lycée était une cage thoracique qui aspirait violemment sa première bouffée d'oxygène. »

J'ai vu Delorme grimacer. La précision temporelle rendait la chose réelle, indiscutable. Ce n'était pas un délire, c'était un fait daté.

« Je suis passée par la Serre. C'était le chemin le plus court. Mais une porte s'est ouverte. Je n'ai pas entendu ses pas. Il porte des semelles de caoutchouc, une matière molle, silencieuse. Il est entré et il a poussé le verrou. Le clic a été minuscule, mais il a résonné dans mon crâne avec la violence d'une détonation. »

Vasseur a fermé les yeux. Il a posé ses coudes sur ses genoux et s'est pris la tête entre les mains. Il ne bougeait plus. Il écoutait ce récit avec un tel accablement qu'on aurait pu croire qu'il écoutait une scène qui n'avait pourtant jamais eu lieu, il espérant du moins que c'est ce qu'en pensent les autres.

« Il m'a regardée. Il a souri. Un sourire lent, cruel, qui a plissé les coins de ses yeux. Il ne calculait pas seulement, il savourait. Il savait qu'il allait me briser et ça l'excitait. Il a dit : "Regarde-toi. Tu te crois encore pouvoir te défendre contre moi, maintenant ? Tu n'es rien. Juste une petite chose fragile que je vais écraser." Il jubilait. Il prenait un plaisir physique à me voir trembler. J'ai voulu crier, mais j'ai pensé : "Si je crie, il serre." Alors je me suis tue. J'ai avalé ma voix. »

Je marquais les pauses. Je voulais que chaque mot pèse son poids de plomb.

« Il a posé ses mains sur mes épaules. Des mains lourdes. Des étaux de chair. Il a dit : "On va voir si tu es aussi raide que tu en as l'air." Ensuite, le temps s'est brisé. Le bruit de la ceinture. Le cuir qui siffle en sortant des passants. Le choc de mes genoux qui heurtent le sol. Le froid du carrelage contre ma peau nue. »

Delorme a émis un petit bruit étranglé. Il était blanc comme un linge. Il regardait son collègue, son ami peut-être, se transformer en monstre sous mes mots.

J'ai jeté un regard à Vasseur. Je m'attendais à une explosion, à des cris d'indignation : « C'est faux ! Je n'ai jamais fait ça ! » Mais il n'y avait rien. Pas un mot, pas un geste de défense. Il s'affaissait sur son siège, comme vidé de son squelette. Sa peau avait pris une teinte grise, cadavérique. Il ne regardait personne, ni moi ni Delorme. Il semblait pétrifié par l'horreur de ce qu'il entendait, incapable d'opposer la moindre résistance. Ce silence absolu, cette démission totale, me frappait plus qu'un aveu. Il ne se battait pas parce qu'il savait qu'il était vaincu. Il s'effritait sous le poids de sa propre monstruosité.

« Ce n'était pas une douleur humaine. C'était une effraction. Comme si on enfonçait un pieu sale dans une terre gelée. Il m'a ouverte. Il a déchiré l'enveloppe. J'ai regardé le néon au plafond. Il grésillait. Il y avait un insecte piégé dans le globe en plastique. Je suis devenue cet insecte. J'ai vu une fille à genoux, un pantin désarticulé dont on a coupé les fils. J'ai vu un homme debout derrière elle, haletant, mécanique, un piston de chair qui besognait le vide avec une régularité obscène. »

L'air dans le bureau était devenu irrespirable. Lourd, poisseux. Une odeur de sueur froide.

« Il a grogné. C'était fini. Il s'est reculé. Il a remonté son pantalon avec des gestes calmes, quotidiens. Comme s'il venait de pisser contre un mur. Il m'a regardée une dernière fois, moi qui étais en tas sur le carrelage. Il a dit : "T'es qu'une merde, en fait." »

J'ai craché cette phrase. *T'es qu'une merde, en fait.*

« Je suis rentrée chez moi. Je n'ai rien dit. J'ai eu peur qu'en ouvrant la bouche, la saleté ne sorte. J'ai attendu que ça passe. Mais ça ne passe pas. Je suis la tache sur le sol de la Serre. Je suis l'insecte dans le néon. Et j'attends que quelqu'un vienne éteindre la lumière. »

J'ai laissé tomber la main qui tenait les feuilles. Elles ont frôlé ma cuisse dans un bruissement sec.

Le silence qui a suivi était absolu. Un silence de fin du monde.

J'ai relevé la tête. J'avais le souffle court. J'ai regardé Vasseur.

Il n'avait pas bougé. Il était toujours prostré, la tête dans les mains. Mais j'ai vu ses épaules. Elles tressautaient. Un tremblement infime, rythmique. Puis j'ai entendu le bruit. Un bruit mouillé, rauque. Il pleurait.

Il ne pleurait pas comme un homme qui demande pardon. Il pleurait comme un homme qui se brise.

— Voilà, ai-je dit. Voilà pourquoi elle ne parlait pas. Voilà ce qu'il a fait, lundi soir, pendant que nous rentrions tranquillement chez nous.

Je me suis reculée. J'avais l'impression d'être sale. Les mots m'avaient contaminée.

— Appelez la police, Michel, ai-je ordonné d'une voix éteinte.

Delorme a hoché la tête, lentement, comme un automate. Il a tendu une main tremblante vers le téléphone.

À cet instant précis, on a frappé à la porte.

Trois coups. Petits. Hésitants.

Nous nous sommes figés. Delorme a suspendu son geste. Vasseur a cessé de sangloter, restant figé dans sa posture de défaite.

La porte s'est entrouverte doucement, dans un grincement qui m'a semblé durer une éternité.

Et elle est apparue.

Élia.

Elle était là, dans l'encadrement, serrant son sac contre sa poitrine. Elle portait son grand pull, ses cheveux tombaient devant ses yeux. Elle semblait minuscule, perdue.

Elle a levé les yeux. Elle a vu la scène.

Elle a vu le Proviseur blême, la main sur le téléphone. Elle m'a vue, debout, vibrante de rage justicière, les feuillets de son « récit » éparpillés sur le bureau. Et elle a vu Vasseur. L'homme effondré, détruit, le visage caché dans ses mains, réduit à l'état de débris par les mots qu'elle avait écrits.

Le temps s'est arrêté.

Vasseur, sentant une présence, a relevé la tête lentement. Son visage était ravagé, rouge, méconnaissable. Ses yeux noyés ont croisé ceux d'Élia.

J'ai cru qu'elle allait crier. Qu'elle allait s'enfuir en voyant son bourreau. Ou qu'elle allait se jeter dans mes bras.

Mais elle n'a rien fait de tout cela.

Elle est restée immobile sur le seuil. Elle a soutenu le regard de l'homme qu'elle venait d'abattre. Et pendant une fraction de seconde, j'ai vu quelque chose passer dans ses yeux clairs.

Ce n'était pas de la peur. Ce n'était pas du soulagement.

C'était une reconnaissance. Comme si elle contemplait son œuvre.

— Je… je voulais juste m'excuser pour mon retard, a-t-elle murmuré d'une voix de petite fille brisée.

La phrase était absurde, dérisoire face au cataclysme ambiant. Elle arrivait au pire moment possible, ou au meilleur, selon qui tenait la plume.

Vasseur a émis un râle, un son inarticulé, et a replongé sa tête dans ses mains, incapable de soutenir la vue de sa « victime ».

Je me suis précipitée vers elle.

— Élia ! Mon Dieu, tu es là… Ne reste pas ici. Viens.

Je l'ai attrapée par les épaules, je l'ai tournée vers le couloir pour la soustraire à la vue du monstre. Je voulais la protéger. Je ne voyais pas qu'elle n'avait pas besoin de protection.

En la poussant doucement vers la sortie, j'ai senti son corps. Il n'était pas tendu par la terreur. Il était souple. Relâché.

Apaisé.

ACTE 2
– LE VERRE TREMPÉ –
CHAPITRE 17

Ma maison est un cube de silence posé au troisième étage d'une résidence neuve. Les murs sont blancs. Les sols sont gris. Il n'y a pas de bibelots, pas de souvenirs, pas de photographies qui prennent la poussière.

Ils m'appellent le Gardien, je ne sais pas depuis quand, je n'ai pas besoin de souvenirs. Ma mémoire est une archive suffisante, classée, étiquetée, dont je détiens la seule clé. Ici, je suis à l'abri du désordre. C'est ma forteresse. Quand je rentre le soir, je pose mes clés dans la coupelle en vide-poche. Toujours au même endroit. Le bruit du métal sur la céramique est le signal.

La journée s'arrête. Le chaos du lycée reste derrière la porte blindée. Je retire mes chaussures. Je les aligne dans le placard. Pointes vers l'avant. Je me lave les mains. Longuement. Je nettoie les poignées de main moites, la craie, les postillons invisibles, la bêtise ambiante. Ensuite, seulement, je peux respirer.

Je me sers un verre d'eau. Je m'assois dans mon fauteuil en cuir, face à ma bibliothèque. C'est le centre névralgique de ma vie. Mes livres ne sont pas rangés par couleur ou par taille, comme chez les ignorants qui confondent culture et décoration. Ils sont rangés par siècle, puis par mouvement, puis par ordre alphabétique. C'est une armée immobile.

Hugo, Flaubert, Baudelaire. Ils sont là. Ils veillent. J'aime les regarder. J'aime savoir que, quoi qu'il arrive dehors, quoique le monde devienne fou, un alexandrin de Racine aura toujours douze syllabes. Pas onze. Pas treize. Douze. C'est une certitude mathématique. Une colonne de marbre qui ne tremble pas. C'est cela que je veux transmettre aux élèves. Pas l'émotion — l'émotion est vulgaire, tout le monde en a, les animaux en ont. Je veux leur transmettre la structure. Je veux leur apprendre que la langue est une charpente. Si la phrase est droite, la pensée ne s'effondre pas. Si la pensée tient, l'homme tient.

Ils me trouvent dur. Je le sais. Je vois leurs yeux fuir quand je rends les copies. Ils voient le stylo rouge comme une lame. Ils se trompent. Le rouge n'est pas du sang. C'est de la suture. Quand je barre un adjectif inutile, quand je redresse une syntaxe boiteuse, je ne les blesse pas. Je les soigne. Je retire le gras, le mou, l'approximatif. Je les aide à devenir solides. Comme je l'ai fait pour moi-même. Je me suis construit verbe après verbe, règle après règle. J'ai colmaté les brèches avec de la grammaire. Je dîne seul. Une assiette, un verre, une fourchette. Je ne mets pas de musique. Le silence est une musique suffisante, une nappe phréatique apaisante qui remplit la pièce. Les gens ont peur de la solitude. Ils la fuient en allumant la télévision, en invitant des amis bruyants, en se mariant. Moi, je l'ai choisie.

Ma solitude n'est pas un vide. C'est un espace stérile, propre, sans bactéries. Personne ne me coupe la parole. Personne ne déplace mes objets. Personne ne me demande ce que je pense. Personne ne me touche. Je termine mon repas. Je lave mon assiette immédiatement. Je l'essuie. Je la range. Il ne doit rester aucune trace de mon passage dans ma propre cuisine. Je retourne au salon pour préparer mes cours du lendemain. Je relis *Madame Bovary*. La scène des comices agricoles. L'entrelacement parfait des discours officiels et des propos amoureux.

C'est du génie technique. C'est de l'horlogerie. Je caresse la page. Le papier est doux, sec. Il ne trahit pas. Je suis un homme simple, au fond. J'aime ce qui est beau parce que j'aime ce qui est juste. Je ne suis pas le monstre qu'ils décrivent dans les couloirs. Je ne suis pas ce « Tyran » que certains semblent vouloir voir en moi. Je suis juste un homme qui tient les murs pour que le toit ne nous tombe pas sur la tête. Quelqu'un doit le faire. Quelqu'un doit rester rigide pour compenser la mollesse du monde.

22 h 30. Je ferme le livre. Je vérifie une dernière fois l'alignement des chaises. Tout est en ordre. Je peux aller dormir. Demain, je retrouverai le bruit, la fureur, les regards en biais. Demain, je retrouverai cette élève, Mercier, et son sac qui traîne. Mais ce soir, dans ma forteresse, je suis intouchable.

CHAPITRE 18

Je vérifie mon application météo sur mon téléphone. Alerte orange. Pluies diluviennes annoncées pour toute la matinée. Parfait. La pluie calmera les esprits dans la cour. Elle lavera le bitume. Je prépare mon grand parapluie noir et mes chaussures étanches. Je suis prêt pour l'inondation.

J'écris au tableau. Le feutre crisse sur la surface blanche. J'aime cette résistance. *« Ce que l'on conçoit bien s'énonce clairement. »* Boileau. Je me retourne vers la classe. Ils sont trente-cinq. Trente-cinq colonnes vertébrales plus ou moins affaissées. Ils copient. Certains sont avachis, le nez sur leur feuille, comme s'ils reniflaient l'encre. D'autres regardent le plafond, la bouche entrouverte. C'est mou. C'est terriblement mou. J'ai envie de circuler dans les rangs, de redresser les dos, de leur dire que la pensée ne peut pas être droite si le corps est une courbe. Mais je reste sur l'estrade. La distance est ma sécurité.

Mon regard accroche le troisième rang, côté fenêtre. Mercier. Encore elle. Elle ne copie pas. Son stylo est posé. Elle me regarde. D'habitude, les élèves fuient mon regard. Ils ont peur d'être interrogés, peur d'être vus. Pas elle. Elle me fixe avec une intensité immobile qui me met mal à l'aise. Elle ne cligne presque pas des yeux. Il y a quelque chose de dérangeant dans cette fixité. C'est… vitreux. Je sens une goutte de sueur froide perler dans mon dos, sous la chemise amidonnée. C'est absurde. Je suis l'adulte. Je suis l'autorité.

Je décide de briser ce contact. Je marche vers elle. Le bruit de mes talons sur le lino impose le silence. Les têtes se baissent sur mon passage comme des blés sous le vent. J'arrive à sa hauteur.

— Mademoiselle Mercier. Elle sursauta. Le mouvement est excessif, théâtral. Comme si je venais de hurler, alors que j'ai à peine chuchoté.

— Vous avez terminé de copier ?

Elle baisse les yeux vers sa feuille blanche.

— Je… j'ai perdu le fil, Monsieur.

Sa voix est un souffle. Une plainte. Je vois ses mains. Elles sont fines, pâles, presque translucides. Elles tremblent légèrement sur le bord de la table. *Fragile*. Le mot s'impose à moi. Elle est faite de cette matière cassante que je redoute tant. De la porcelaine fêlée.

Elle me rappelle trop de choses. Elle me rappelle moi, avant. Avant l'armure. Cette fragilité est un danger mortel. Si elle sort comme ça dans le monde, elle se fera dévorer. Le monde est plein de prédateurs qui flairent ce genre de tremblement à des kilomètres. Je dois la durcir. C'est mon devoir. Je ne suis pas là pour la consoler, je suis là pour lui donner une écorce.

— On ne perd pas le fil quand on est concentré, dis-je sèchement. Je tape du doigt sur sa table. Un coup sec.

— La concentration, c'est un muscle. Ça se travaille. Redressez-vous.

Elle se redresse lentement, comme une fleur malade qu'on tuteure de force. Je vois ses yeux s'embuer. Encore ces larmes. Cette facilité à se liquéfier. Ça m'agace profondément. Non, pire : ça m'inquiète pour elle.

— Ne pleurez pas, ordonné-je, plus bas, pour que les autres n'entendent pas.

— Je ne pleure pas…

— Les larmes sont une perte de temps. Et d'eau. Écrivez.

Je la vois saisir son stylo. Elle a du mal à le tenir. Elle a l'air terrifiée. Je sais ce qu'elle pense. Elle pense que je suis méchant. Que je m'acharne. Elle ne comprend pas que je suis en train de lui sauver la vie. Je suis le tuteur rigide qui oblige la plante à pousser droit, même si la ficelle entame un peu la tige. C'est pour son bien. Si personne ne la bouscule, elle restera cette petite chose victimaire toute sa vie. Et un jour, elle tombera sur quelqu'un qui ne se contentera pas de la gronder. Quelqu'un qui la brisera pour de bon. J'ai envie de lui dire : *« Endurcis-toi, bon sang. Fais-toi une carapace. Sinon, ils vont te manger. »* Mais je ne peux pas dire ça. Je suis professeur. Je dois rester technique.

— Reprenez la citation, dis-je en me reculant. Et soulignez les verbes.

Je retourne à mon bureau. Je sens son regard sur ma nuque. Ce n'est plus le regard vitreux de tout à l'heure. C'est un regard humide, suppliant. Je m'assois. Je remets ma cravate en place. J'ai du mal à déglutir.

Pourquoi est-ce que je me sens coupable ? Je n'ai rien fait de mal. J'ai fait mon travail. J'ai posé un cadre. Mais ce malaise persiste, une vibration sourde dans l'air de la classe. Comme si, en voulant la redresser, j'avais appuyé sur une zone invisible et douloureuse.

Je regarde l'heure. Encore vingt minutes. Vingt minutes à tenir face à cette fragilité qui m'accuse. Je me plonge dans mes notes, fuyant ce visage de madone blessée qui me renvoie à ma propre impuissance passée. Je ne suis pas un monstre. Je suis juste un homme qui essaie d'empêcher le verre de casser.

CHAPITRE 19

21 h. Je suis installé à mon bureau. La lampe d'architecte découpe un cercle de lumière blanche sur le bois sombre. Le reste de la pièce est plongé dans la pénombre. C'est l'heure de la chirurgie. Devant moi, la pile des copies de Première. Sujet : *« La fonction de la poésie est-elle de révéler le monde ou de le fuir ? »* Je débouche mon stylo rouge. L'encre est fluide, la pointe est fine. C'est mon scalpel. Je commence.

Les premières copies sont affligeantes de banalité. Des lieux communs enfilés comme des perles en plastique. *« La poésie c'est joli… »* Barre. *« Les poètes sont des rêveurs… »* Barre. Je tranche dans le gras.

Je corrige les fautes d'accord qui sont autant d'insultes à la logique. Je redresse les phrases tordues. Je ne note pas, je nettoie. Au bout de la dixième copie, je sens la fatigue habituelle, cet ennui poisseux face à la médiocrité. Ils n'ont pas de style. Ils n'ont pas de voix. Ils recrachent ce qu'ils pensent que je veux entendre.

J'arrive à la copie suivante. Pas de nom sur la première page. Juste une écriture fine, serrée, presque calligraphiée. Je reconnais cette écriture. Mercier. Je soupire. Je m'attends à du sentimentalisme. À de la pleurnicherie étalée sur quatre pages. Je rapproche ma chaise. Je vérifie mon nœud de cravate — il est serré, tout va bien. Je commence à lire.

Dès le premier paragraphe, je suis agacé. C'est… ampoulé. Le style est d'une lourdeur prétentieuse. Trop d'adjectifs. Trop d'images qui se bousculent. *« L'âme est une vitrine scellée où l'oxygène manque… »* Je souligne « vitrine scellée ». *Cliché*, griffonné-je dans la marge. *Mal dit.* Je continue. *« Je suis l'insecte idiot qui bourdonne contre la surface lisse… »* Je m'arrête. Mon stylo reste en suspens au-dessus de la feuille. Une sensation désagréable me parcourt l'échine. Un frisson froid, comme si une fenêtre venait de s'ouvrir dans mon dos. Je me retourne. La pièce est fermée. Le chauffage fonctionne. Je reviens au texte.

« Le froid n'est pas une température, c'est une matière. Il remonte le long des jambes, il traverse les semelles… » Je sens une contraction dans mon estomac. Un nœud qui se serre violemment. J'ai envie de vomir. Pourquoi ? C'est juste une copie d'élève. C'est mauvais. C'est du pathos. C'est du lyrisme de bas étage. Mais les mots… Ces mots précis. *« Semelles ». « Froid ». « Insecte ». « Vitre ». * Ils résonnent en moi avec une familiarité obscène. C'est insupportable. Je pose ma main sur ma gorge. J'ai du mal à déglutir. L'air semble s'être raréfié dans la pièce.

Je reprends la lecture, forçant mes yeux à suivre les lignes. *« On ne voit pas le bourreau, on voit seulement son ombre sur le carrelage. Il est propre. Il est net. »* Je barre tout le paragraphe. D'un trait rouge, violent, qui déchire presque le papier. *Confus*, écris-je. *Logorrhée. Qui est « il » ? Précisez votre pensée.*

Je suis en colère. Je suis furieux contre ce texte. Il me dégoûte. Il suinte la faiblesse. Il suinte la victime qui se complaît dans sa boue. C'est indécent d'écrire ça dans une dissertation. C'est hors sujet. On demande une analyse, pas une confession impudique.

Mais la nausée ne passe pas. Au contraire. Elle monte. J'ai chaud. Je desserre ma cravate d'un millimètre. Juste un. Je relis une phrase : *« T'as le droit d'avoir peur, mais t'as pas le droit de lâcher. »* Le monde s'arrête. Le stylo rouge me glisse des doigts et tombe sur le bureau. *Tac.* Cette phrase. Ce n'est pas de la poésie. Ce n'est pas de la littérature.

C'est… Lise ? Non. C'est impossible. Lise est morte. Lise est une archive classée depuis plus de quinze ans. Je relis la phrase. L'encre ne bouge pas. *« T'as le droit d'avoir peur, mais t'as pas le droit de lâcher. »* C'est une coïncidence. Ça ne peut être que ça. Une aberration statistique. Le hasard est parfois un sniper : il tire une balle perdue au milieu d'un millier de mots, et elle vient se loger exactement dans ma vieille cicatrice. Quelle était la probabilité ? Une sur un million ? Que cette élève, cette gamine vide, aligne *ces* mots-là, dans *cet* ordre-là ?

Je me lève brusquement. Ma chaise racle le sol avec un bruit d'os qui casse. Je marche jusqu'à la fenêtre. J'ouvre en grand. L'air glacé de la nuit me gifle le visage, mais il ne chasse pas la nausée. Je respire à grandes goulées. J'essaie de raisonner. C'est sans doute une formule toute faite. Une banalité de développement personnel qu'elle a pêchée sur internet. Elle ne sait pas. Elle ne peut pas savoir. C'est juste un hasard obscène.

Je retourne au bureau. Je ne peux plus toucher cette copie. Elle me brûle les doigts comme si elle sortait d'un four. Je saisis mon stylo. Je le tiens comme un poignard. Il faut tuer ce texte avant qu'il ne me contamine. En bas de la page, j'inscris la note. *06/20.* Et l'appréciation, cinglante, pour faire taire l'écho : *« Style lourd et mélodramatique. Vous confondez l'analyse littéraire avec l'épanchement personnel. C'est du bavardage. Manque de structure. »*

Je referme la copie. Je la mets tout en bas de la pile, sous le poids des autres, pour l'étouffer. Je vais me laver les mains. Je frotte avec le savon jusqu'à ce que la peau soit rouge, presque à vif. J'ai besoin de me nettoyer de cette coïncidence. C'était mauvais. Juste mauvais. Une maladresse d'adolescente. Alors pourquoi est-ce que je tremble encore ?

CHAPITRE 20

Le couloir du bâtiment B est un tunnel à vent. L'architecte qui a conçu ce lycée devait aimer les courants d'air autant que je les déteste. Il est 16 heures 30. La sonnerie a vidé les classes, laissant derrière elle cette rumeur de marée descendante. Les élèves refluent vers la sortie, vers la vie, vers le bruit. Moi, je reste. Je range mes affaires avec une lenteur calculée. Je vérifie l'alignement de ma craie sur le rebord du tableau. Je ferme mon cartable. *Clic. Clac.* Deux bruits secs qui signifient que la forteresse est verrouillée.

Je sors. Elle est là. Elle m'attend.

Élia Mercier n'est pas partie avec le troupeau. Elle est adossée au radiateur froid du couloir, juste à côté de la porte de ma salle. Elle ne bouge pas. Elle a cette immobilité minérale qui m'insupporte. En me voyant, elle se redresse. Elle serre ses classeurs contre sa poitrine, adoptant instantanément cette posture de victime sacrificielle qu'elle maîtrise à la perfection. Épaules rentrées, tête basse, regard qui fuit sur le côté. Une biche surprise sur l'autoroute.

Je devrais l'ignorer. Je devrais passer mon chemin, filer droit vers le parking, m'enfermer dans ma voiture et mettre la radio. Mais je suis le Gardien. Je ne peux pas laisser le désordre stagner dans mon couloir.

— Vous n'avez pas cours, mademoiselle Mercier ? Ma voix est neutre. Professionnelle. Je suis satisfait de mon calme. Mon armure tient bon.

Elle lève les yeux vers moi. Ils sont déjà brillants.

— J'attendais… que vous sortiez, murmure-t-elle.

Le volume de sa voix est parfait. Juste assez fort pour que les trois élèves qui discutent au fond du couloir entendent le tremblement. Juste assez faible pour m'obliger à m'arrêter.

— Je ne fais pas d'aide aux devoirs dans le couloir, dis-je en avançant. Si vous avez des questions, prenez rendez-vous.

Je veux la dépasser. Je veux mettre de la distance. Mais elle fait un pas de côté. Un seul. Elle ne me barre pas la route, non, ce serait une agression. Elle se met juste *dans* ma trajectoire. Elle m'oblige à freiner pour ne pas la heurter. Le contact physique me répugne.

— C'est pour ma copie, Monsieur… Elle commence à pleurer. Les larmes roulent sur ses joues pâles avec une régularité obscène. Les élèves au fond du couloir se sont tus. Ils regardent. Je sens leurs yeux se braquer sur mon dos comme des viseurs laser. Pour eux, la scène est limpide : le prof tyran accule l'élève fragile.

— Votre copie était médiocre, Mercier. Les larmes ne changeront pas la note. La sensiblerie n'est pas un argument littéraire. Je suis dur. C'est mon rôle. Je remets ma cravate en place.

— Poussez-vous.

Elle ne bouge pas. Elle se rapproche, au contraire. Elle entre dans ma zone de sécurité. Elle est à moins de cinquante centimètres. Je sens son odeur. Pas du parfum. Une odeur de propre et de quelque chose de plus froid. Elle lève son visage inondé vers le mien. Pour les spectateurs, elle supplie. Ses lèvres bougent. Mais ce qui sort de sa bouche n'est pas une supplique.

— *Vous n'êtes pas solide, Monsieur*, chuchote-t-elle.

Je me fige. Le monde s'arrête. Le couloir se vide de son air. Je la regarde, sidéré. Elle continue de pleurer à chaudes larmes, son visage tordu par un chagrin apparent, mais ses yeux… ses yeux durs, fixes, braqués dans les miens.

— Quoi ? soufflé-je.

Elle renifle bruyamment

— un bruit dégoûtant pour l'audience

— mais sa voix redescend aussitôt dans ce murmure chirurgical, audible de moi seul :

— *Vous faites semblant d'être un mur, mais vous êtes juste une vitre. Et le verre, ça casse.*

La nausée me monte aux lèvres. Je recule d'un pas, heurtant le mur derrière moi. Elle avance. Elle pleure de plus belle. Elle hoquette.

— Je suis désolée, Monsieur ! crie-t-elle pour la galerie, la voix étranglée. Je ferai des efforts, je vous le jure ! Je ne voulais pas vous décevoir !

Puis, elle baisse le ton, se penchant vers moi comme pour recevoir une bénédiction, le visage ruisselant :

— Je vous regarde et je vois les fissures. Vous croyez que votre costume vous tient ? C'est le contraire. Vous êtes en train d'éclater de l'intérieur. Je l'entends.

Un voile rouge tombe devant mes yeux. Ce n'est pas de la colère. C'est de la panique pure. Elle ne m'insulte pas. Elle me décrit. Elle décrit la sensation exacte que j'ai tous les matins en nouant ma cravate : cette peur panique de me briser en mille morceaux si je relâche la pression. Comment peut-elle voir ça ?

— Taisez-vous ! Ma voix a claqué trop fort. Beaucoup trop fort.

Au bout du couloir, les élèves ont sursauté. Une porte s'est ouverte. Un collègue sort la tête. Vu d'ici, je suis un homme de trente-trois ans qui hurle sur une gamine en pleurs collée au mur. Je suis l'agresseur.

Élia recule, mimant la terreur. Elle porte ses mains à sa bouche, comme si je venais de la frapper.

— Pardon ! Pardon, je ne voulais pas vous énerver ! gémit-elle. Elle tremble. Tout son corps vibre. Mais juste avant de se détourner, elle me lance un dernier regard à travers ses cils mouillés. Un regard transparent. Coupant.

— *Vous allez perdre, Monsieur Vasseur*, murmure-t-elle avec une douceur atroce. *Ceux qui sont rigides cassent toujours les premiers. Et moi, j'ai le marteau.*

Elle pivote et s'enfuit en courant vers l'escalier, ses sanglots résonnant dans la cage d'escalier comme une musique tragique.

Je reste seul. Plaqué contre le mur. Je suis à bout de souffle, comme si j'avais couru un marathon. Mes mains tremblent tellement que je dois les cacher dans mes poches. Je regarde autour de moi. Le collègue me fixe avec désapprobation. Les élèves chuchotent, les yeux ronds. Ils ont vu le monstre. Ils ont vu le Gardien briser une élève fragile.

Personne n'a entendu ce qu'elle a dit. Personne ne sait qu'elle vient de diagnostiquer ma mort. Je décolle mon dos du mur. Je sens la sueur glacée couler le long de ma colonne vertébrale. Je rajuste ma cravate. Je serre le nœud. Encore. Plus fort. Jusqu'à ce que ça fasse mal.

Je suis le Gardien. Je suis le mur. Je me le répète en boucle, mais pour la première fois, la formule ne fonctionne pas. Je marche. Je marche droit. Mais j'ai l'impression que le sol se dérobe, et que le bruit de mes talons sur le lino sonne faux, comme un bruit de vaisselle fêlée.

CHAPITRE 21

Ma montre s'est arrêtée à 10 h 12. C'est une Longines ultraplate, un héritage paternel, un disque d'or et de cuir qui n'a jamais toléré le moindre retard. Voir la trotteuse figée est une petite mort. Sans le tic-tac régulier contre mon poignet, je perds la mesure, je perds le rythme.

À la fin des cours, je ne rentre pas directement. Je marche jusqu'à la rue des Orfèvres sous la pluie battante. Je cherche un abri.

Je pousse la porte de « L'Horlogerie Morlaix ». Le carillon tinte, un son clair qui chasse instantanément le brouhaha du lycée. L'odeur n'a pas changé après toutes ses années. Ça sent la cire d'abeille, le métal froid et le tabac à pipe. C'est une odeur de temps suspendu, d'éternité rassurante.

Jean Morlaix est là, derrière son comptoir vitré. Quand il lève la tête et me voit, son visage buriné s'illumine d'une sincérité qui me désarme. Il n'y a pas de jugement chez lui. Pas de peur.

— Philippe ! Entre, mon garçon, entre ! T'as l'air trempé jusqu'aux os.

Il contourne le comptoir pour venir me serrer la main. Ses mains sont immenses, chaudes, vivantes. Il me tape sur l'épaule avec une affection paternelle qui me fait presque vaciller. Pour lui, je suis toujours le garçon qui attendait Lise à la sortie des cours. Je suis le lien vivant avec sa fille.

— Ça fait plaisir de te voir, dit-il en m'offrant un siège. Je me disais justement l'autre jour : « Tiens, on ne voit plus le petit Vasseur. » T'as mauvaise mine, dis donc. Tu travailles trop.

Je m'assois, lourdement. Ici, l'armure pèse moins lourd.

— C'est… compliqué en ce moment, Jean.

Je dégrafe ma montre et la lui tends.

— Elle s'est arrêtée. Net. Comme moi.

Jean saisit l'objet avec une délicatesse infinie, presque religieuse. Il retourne derrière son établi, visse sa loupe à son œil. Le silence s'installe, seulement troublé par le tic-tac des cent pendules de la boutique.

— On va regarder ça, murmure-t-il.

Je le regarde faire. J'ai besoin de parler. J'ai besoin de dire à quelqu'un que je suis en train de céder.

— J'ai l'impression que le ressort a lâché, Jean. Je croyais que c'était solide, mais… depuis quelques jours, tout remonte. La serre.

Je lâche le mot. Jean s'arrête une seconde, ses outils en suspens. Il sait. Il est le seul à savoir ce que ce mot signifie pour moi.

— C'est revenu ? demande-t-il doucement, sans se retourner, pudeur oblige.

— Je regrette, Jean, soufflé-je. Je regrette tellement.

Je baisse la tête, incapable de soutenir le poids de mon propre aveu. Je fixe mes mains à plat sur le verre du comptoir.

— J'ai cru que je pouvais maîtriser la chose. Que je pouvais garder le contrôle, rester étanche… mais ça a été plus fort que moi. J'ai cédé. Et maintenant, je me sens sale. C'est comme si je n'en étais jamais sorti.

Jean soupire. Il reprend son travail, grattant, soufflant, inspectant les entrailles de la montre. Il prend le temps. Il réfléchit. C'est un mentor, un sage qui a appris la patience au contact des engrenages.

— Tu sais, Philippe, commence-t-il d'une voix grave, tu as toujours voulu tout réparer. Toi, comme Lise… vous aviez cette idée que tout peut s'arranger si on y met assez de volonté. Que si on serre les dents assez fort, on peut redresser ce qui est tordu.

Il se redresse et se tourne vers moi, la montre ouverte dans la main. Son regard est empreint d'une tristesse bienveillante.

— Mais en mécanique, il y a une vérité qu'il faut accepter. Regarde ça. Il me montre une pièce minuscule, un axe tordu, à peine visible à l'œil nu.

— Tu vois cet axe ? Il a pris un choc. Un vieux choc. On a essayé de le redresser, de le faire tenir, de le polir pour qu'il fasse illusion. Et il a tenu, c'est vrai. Longtemps. Mais à force de tourner sur un axe faux, il a usé tout le reste. Il a mangé les pignons autour.

Je fixe la pièce métallique. Je vois mon propre reflet déformé dans le boîtier.

— Tu peux le réparer ? demandé-je, la gorge serrée, comme si je demandais l'absolution.

Jean secoue la tête lentement. Son sourire est triste, plein de compassion.

— Non, mon grand. C'est fini, là. Si je le redresse encore, il casse. Et si je le laisse, il détruit le mouvement.

Il pose sa main lourde sur mon bras.

— Parfois, il faut avoir le courage de le dire : on ne répare pas. Une pièce défectueuse, qui met l'ensemble en danger, elle ne doit pas être sauvée. Elle doit être remplacée.

Le mot tombe. *Remplacée.*

— Remplacée ? répété-je.

— Oui. Il faut l'enlever. L'extraire. Pour que la montre puisse continuer à donner l'heure. C'est la loi de la mécanique, Philippe. Il n'y a pas d'état d'âme à avoir. Quand ça ne marche plus, on change. C'est la seule façon de sauver l'ensemble.

Il me regarde droit dans les yeux, et je sais qu'il ne parle plus seulement de la montre. Il me parle de moi. Il ne me rejette pas. Il constate mon obsolescence.

— Je vais te mettre une pièce neuve, dit-il en se tournant vers ses petits tiroirs. Du solide. Et toi… peut-être qu'il est temps d'arrêter de vouloir tourner rond quand on est carré, hein ?

Je baisse la tête. Je regarde mes mains. « Une pièce défectueuse doit être remplacée. » La phrase tourne dans ma tête.

Jean a raison. Je suis défectueux. Depuis la serre. Depuis toujours. Et les pièces défectueuses, on les jette.

— Merci, Jean, murmuré-je. Tu as raison. Il faut savoir s'effacer.

CHAPITRE 22

10 h 5. La salle des professeurs. C'est un sas de décompression pour ceux qui ne savent pas tenir la pression. D'habitude, c'est une volière bruyante. Ça sent le café brûlé, la craie et la plainte collective. On y parle des élèves comme de maladies incurables, on y parle des vacances comme d'une terre promise. Je déteste cet endroit. J'y vais par obligation sociale, pour montrer que je fais partie du corps enseignant, même si je considère que la plupart de mes collègues sont des tissus mous.

J'ouvre la porte. Le bruit s'arrête. Net. Ce n'est pas le silence respectueux de la salle 104. C'est une coupure de son. Brutale. Il y a une douzaine de personnes. Des professeurs de maths, d'histoire, d'anglais. Ils étaient en pleine discussion. En me voyant, les têtes se sont tournées, puis détournées aussitôt, avec une synchronisation suspecte. Le silence a une densité. Je le sens peser sur mes épaules comme une chape de plomb. Je marche vers la machine à café. Mes talons claquent sur le lino. *Clac. Clac. Clac.* Chaque pas résonne comme une détonation dans ce vide acoustique. Je sens les regards dans mon dos. Ils ne me regardent pas, ils me visent. Je glisse ma pièce dans la fente. Le bruit de la monnaie qui tombe est obscène. La machine se met à ronronner, crachant son liquide noir dans le gobelet en plastique. Je fixe le jet sombre. Je ne me retourne pas. Je connais ces silences. C'est le silence de la meute qui a repéré l'animal malade.

Qu'est-ce qu'ils ont ? Est-ce ma note de ce matin ? Est-ce que Mercier est allée pleurnicher à la Vie Scolaire ? C'est probable. Elle a dû raconter que je l'ai traumatisée parce que j'ai souligné ses fautes en rouge. Et eux, ces pédagogues de la bienveillance, ils sont choqués. Ils trouvent que je vais trop loin. Que je suis « vieux jeu ». Que je suis dur. Ils ne comprennent pas que la dureté est la seule forme de respect qui vaille. Je prends mon gobelet. Il est brûlant. La chaleur traverse la fine paroi de plastique et me mord les doigts. C'est une douleur bienvenue. Elle me connecte au réel. Je me retourne pour faire face à la salle. Je ne baisserai pas les yeux. Ils font semblant de lire leurs copies ou de regarder leurs téléphones. Mais l'atmosphère est électrique. Une zone de vide s'est créée autour de moi. Personne ne me dit bonjour. Personne ne me demande si « ça a été avec les Premières ». Je suis en quarantaine.

Puis, je la vois. Dubois. La documentaliste. Elle n'est pas assise avec les autres. Elle est debout, près de la fenêtre, les bras croisés. Elle ne fait pas semblant, elle. Elle me fixe. Son regard n'est pas fuyant. Il est braqué sur moi, direct, perçant. À travers ses lunettes, ses yeux brillent d'une lueur que je n'ai jamais vue chez elle. Ce n'est plus de la désapprobation professionnelle. C'est de la haine. Une haine pure, cristalline, effrayante. Elle me regarde comme si j'étais sale. Comme si j'avais de la boue sur mon costume, ou du sang sur les mains.

Elle me foudroie. Je soutiens son regard. Je suis un homme de principes, je ne me laisse pas intimider par une bibliothécaire qui confond la vie et les romans. Mais je sens un frisson me parcourir l'échine. Il y a dans son attitude une certitude qui me glace. Elle semble savoir quelque chose que j'ignore. Elle me juge, et la sentence est déjà tombée. Je bois une gorgée de café. Il est amer. J'avale difficilement. Un collègue, Martin, le prof de gym, passe à côté de moi pour sortir. Il rase le mur pour ne pas me frôler. Il murmure un « salut » inaudible, les yeux rivés au sol, comme s'il avait honte d'être vu en ma présence. C'est contagieux. Je suis devenu un virus. Je repose mon gobelet, à moitié plein, dans la poubelle.

Je ne peux pas rester ici. L'air est vicié. Je rajuste ma veste. Je vérifie mon bouton de col. Je traverse la salle, le dos droit, le menton levé. Je sens les regards qui s'accrochent à moi comme des ronces, qui tirent sur le tissu de mon costume. Dubois ne bouge pas. Elle pivote la tête pour me suivre jusqu'à la porte. Je sors. Le couloir est froid. Je respire. Mais l'odeur de la salle des profs me suit. Une odeur de soupçon. Je marche vers ma classe. Je me répète que je n'ai rien à me reprocher. Je suis exigeant, c'est tout. Mais au fond de moi, la phrase de la copie d'élève remonte, insidieuse : *« On ne voit pas le bourreau, on voit seulement son ombre. »* Aujourd'hui, mon ombre semble s'être allongée démesurément, et je ne sais pas pourquoi tout le monde marche dessus.

CHAPITRE 23

Le Centre de Documentation est une aberration. C'est une excroissance de verre greffée sur le flanc nord du lycée, une verrière qui absorbe la moindre calorie de lumière pour la transformer en chaleur étouffante.

Je déteste cet endroit. Je n'y viens qu'en dernier recours, quand l'administration m'y oblige ou que je ne peux plus reculer.

Dès que je pousse la lourde porte battante, je le sens. L'air est différent ici. Il est immobile. Il a une densité particulière, poisseuse. Les élèves et les professeurs sentent l'odeur de la colle, du papier jauni et de la poussière des moquettes. Moi, je sens autre chose. En dessous. Une odeur plus ancienne, organique, une odeur d'humidité chaude et de terre remuée que les années de rénovation n'ont pas réussi à effacer totalement.

Je me sens exposé. C'est le principe de ce lieu : tout est transparent. Il n'y a pas de murs, juste des vitres. On voit, et on est vu. Là-haut, dans son bocal qui surplombe la salle, Dubois veille. Je sens son regard se poser sur moi dès que je franchis le seuil. C'est un contact physique, désagréable, comme une toile d'araignée qu'on traverse dans le noir. Elle m'observe. Elle pense que je fuis ce lieu parce que je la méprise. Elle croit que je déteste les livres, ou la culture, ou elle-même. Si elle savait. Elle est la gardienne d'un cimetière qu'elle ne voit pas.

Je n'avance pas, je patrouille. C'est ma seule défense : le mouvement. Si je m'arrête, le souvenir remonte par les semelles. Je garde les mains dans le dos, mes doigts crispés sur mon poignet gauche, vérifiant mon pouls. Il est trop rapide. Toujours trop rapide ici.

Au fond de la salle, près du rayon périodique, une masse bleue s'affaire sur un escabeau. Antoine Sorel. Je ralentis le pas. Je connais ce dos voûté. Je connais cette nuque épaisse. Nous avons le même âge. Nous étions ici, tous les deux, à l'époque. Avant que ce soit le « CDI ». Lui, c'était le bruit. Moi, le silence.

Je le regarde visser ce store avec une concentration absolue. Il essaie de réparer. Il passe sa vie à réparer ce bâtiment, comme s'il pouvait réparer le passé en revissant des boulons. Les gens d'ici l'appellent « le meurtrier ».

C'est un fait. Il a tué Lise. Il a poussé mon seul point d'ancrage dans le vide. Je devrais le haïr pour ça, le haïr à en crever. Mais à quoi bon ? Il a fait son temps. Il a purgé sa peine entre quatre murs, et maintenant, il doit purger l'autre, celle qui ne finit jamais : vivre en étant celui qui a tué. C'est un châtiment suffisant. Je ne vais pas ajouter le poids de ma haine au fardeau qu'il porte déjà.

Marianne Dubois, elle, le regarde avec cette condescendance mielleuse des gens qui pensent avoir inventé le pardon. Elle croit l'avoir « sauvé ». Quelle idiotie. Antoine n'a pas besoin d'être sauvé. Il est comme moi. Il se retourne, sentant ma présence. Nos regards se croisent. Il y a dans ses yeux une fatigue ancienne. Il ne me sourit pas. Il sait où nous sommes.

Je hoche la tête, un mouvement imperceptible. *Tiens bon, Sorel.* Je contourne l'escabeau. Je dois avancer. Je ne peux pas rester statique sous cette verrière. La lumière crue me donne l'impression d'être disséqué.

Et puis, je la vois. Elle est là. L'anomalie. Mercier. Elle est assise à une table isolée, près de la grande baie vitrée. Mon estomac se contracte. Elle a choisi sa place avec un instinct diabolique. Elle est assise exactement là. Dans l'angle. Là où il n'y avait pas d'issue. Elle a posé son sac à dos par terre, dans l'allée. La lanière traîne au milieu du passage. Ce n'est pas un oubli. C'est un barrage. C'est une extension de territoire. Elle teste les limites. Elle veut voir si je vais oser marcher dans cette zone ou si je vais m'écarter.

La nausée me prend à la gorge, immédiate, acide. Je reconnais cette posture. Ce dos voûté, cette façon de se faire toute petite contre la vitre… Si je l'ignore, elle gagne. Si je contourne le sac, je valide le désordre. Et le désordre, ici, dans cette cage de verre, c'est la mort.

Je fonce sur elle. Je marche droit. Je suis le Gardien, je dois faire régner la ligne droite pour empêcher les murs de se rapprocher. Je m'arrête à sa hauteur. Je domine la table.

Elle ne bouge pas. Elle attend. Elle savait que je viendrais. Je pointe son sac du doigt. Je ne veux pas la regarder dans les yeux. Je fixe la toile sale.

— Rangez ce sac. Ma voix est blanche. Coupante. Je n'ai pas crié, mais dans le silence ouaté, l'ordre claque comme un coup de fouet.

Le sursaut est immédiat. Trop immédiat. Elle lâche son stylo. Il roule au sol. Elle lève la tête vers moi. Et là, je le vois. Pour Marianne Dubois, là-haut dans son aquarium, Élia Mercier est une biche terrifiée. Mais je suis à cinquante centimètres. Je suis dans la zone de contact. Et ce que je vois me glace le sang.

Ses yeux sont écarquillés, oui. Sa bouche tremble, oui. Mais ses pupilles sont fixes. Immobiles. Il n'y a pas de peur au fond de ce regard. Il y a une satisfaction froide. Une curiosité d'entomologiste qui regarde l'insecte se débattre sous le verre. Je suis l'insecte. C'est elle qui tient l'épingle.

— M-monsieur ? bégaye-t-elle. La voix est brisée, parfaite. Mais juste avant de baisser la tête, juste avant de jouer la soumission, elle a un micro-mouvement des lèvres. Un quart de sourire. Rapide comme un flash. Juste pour moi. *Je t'ai eu*, dit ce sourire. *Tu t'es énervé. Tu as perdu.*

— C'est une entrave à la circulation, dis-je. Je me justifie. Pourquoi je me justifie ?

— C'est du désordre. Le désordre mène à l'accident. Rangez-le. Maintenant.

Je sens la sueur couler le long de ma colonne vertébrale. J'ai l'impression de hurler contre un mur de glace. Elle ne m'écoute pas, elle m'enregistre. Elle se penche pour ramasser le sac. Ses mains tremblent. Est-ce qu'elle fait exprès de trembler ? Elle serre le sac contre sa poitrine comme si c'était un doudou, comme si je venais de menacer de la frapper. C'est obscène. Je ne l'ai pas touchée. Je ne la toucherai jamais. Elle le sait.

— Et redressez-vous, ajouté-je. C'est plus fort que moi. Je ne supporte pas de la voir ainsi, avachie, mimant la victime expiatoire.

— La posture, c'est la tenue de l'esprit.

Elle ne répond pas. Elle baisse les yeux. Et soudain, les larmes. Elles montent instantanément. De l'eau claire qui déborde d'un vase trop plein. C'est magique. C'est terrifiant. Elle ne pleure pas parce que je l'ai blessée. Elle pleure parce que Dubois regarde depuis sa tour de contrôle.

Je dois partir. Tout de suite. L'air autour d'elle est toxique. Il sent l'ozone avant l'orage. Je fais volte-face. Je tourne les talons avec une rigidité militaire. Je fuis ce lieu maudit.

En passant devant le rayon Sciences, je recroise Sorel. Il a arrêté de visser. Il a tout vu. Il me regarde, puis il regarde la fille en larmes. Il fronce les sourcils. Il a compris quelque chose. Lui qui connaît la vraie douleur, la lourde, celle qui écrase et qui rend muet. Il porte sa main à sa bouche. Il fronce les sourcils. Fort. Il détourne le regard, gêné pour moi. Gêné pour elle.

Mais Dubois, elle, court déjà. Je l'entends dévaler les marches de son bureau vitré. Je ne me retourne pas, mais je devine la scène. Elle va envelopper le monstre de ses bras. Elle va consoler le prédateur en croyant sauver la proie. Et moi, je sors du CDI le dos droit, impeccable.

Je viens de donner à Élia exactement ce qu'elle voulait : une scène publique. Je viens de valider mon rôle dans sa pièce de théâtre. Je suis le méchant Gardien. Et le piège vient de se refermer avec un déclic silencieux.

CHAPITRE 24

Je rentre chez moi comme on rentre dans un sas de décontamination. Je ferme la porte à double tour. Je mets la chaîne. Je vérifie le verrou. Le silence du salon m'accueille, mais ce soir, il ne m'apaise pas. Il bourdonne. J'ai encore dans les oreilles le cliquetis du stylo d'Élia qui tombe au sol. J'ai encore sur la rétine l'image de ce sourire imperceptible, cette coupure de papier sur le visage d'une vierge effarouchée.

Je ne retire pas mes chaussures tout de suite. Je marche jusqu'au salon, mes semelles laissant pour la première fois des traces humides sur le parquet vitrifié. Je m'en fiche. L'ordre extérieur ne suffit plus à contenir le chaos intérieur. Je pose ma sacoche en cuir sur la table. Je m'assois sans allumer la lumière. La clarté des réverbères de la rue filtre à travers les volets, découpant des barreaux d'ombre sur le mur blanc. Je suis en prison. Et ma geôlière a dix-sept ans.

— Tu as vu ça, Lise ? murmuré-je dans le vide.

Ma voix sonne étrangement rauque. Je parle aux morts, maintenant. C'est nouveau. Ou peut-être que je n'ai jamais cessé de le faire. L'idée tourne en boucle dans mon crâne depuis ce matin, depuis la confrontation, depuis ces phrases rapportées par Dubois qui me hantent. *« On ne voit pas la vitre, on sent seulement le froid…* » Ces mots ont une densité. Ils pèsent le poids d'une année précise. 2007.

Mes mains tremblent en ouvrant la sacoche. Je ne cherche pas mes cours, ni les copies de Terminale. Je cherche le double fond. La poche zippée que je n'ouvre jamais, mais qui voyage avec moi depuis tout ce temps, comme une urne funéraire portative. J'en sors un objet qui jure avec le reste de mon existence aseptisée. Ce n'est pas un classeur rigide. C'est un vieux carnet corné, dont la couverture cartonnée a bu l'humidité d'une autre époque. Un carnet « Moleskine » noir, dont l'élastique est distendu. Mon carnet sacré.

Je le pose sur la table. Je n'ose pas l'ouvrir. Le toucher, c'est réveiller les fantômes. C'est sentir à nouveau l'odeur de la poussière de craie et de la peur de mes dix-sept ans.

— Je ne voulais pas y retourner, Lise, dis-je doucement. Je t'avais promis de regarder devant.

Mais Lise ne répond pas. Elle est juste une présence thermique, un courant d'air froid sur ma nuque. À l'époque, je n'étais pas le Gardien. Je n'étais pas cette armure de laine froide et de polyester. J'étais Philippe. Juste Philippe. Le garçon qui rasait les murs. Celui qui regardait Lise Morlaix traverser la cour comme on regarde un soleil noir.

Nous n'étions pas vraiment amis, au sens où les autres l'entendaient. Nous ne partagions pas nos déjeuners, nous ne riions pas fort dans les couloirs. Nous étions des *namos.* C'était son mot. Une contraction d'âmes et de naufragés. Elle avait vu en moi ce que personne ne voyait : la fêlure. Elle, elle brûlait tout. Elle était la rage, le bruit, la fureur de vivre avant que la mort ne la fauche dans cet escalier maudit. Moi, j'étais le silence. Je la regardais se consumer, et elle me regardait geler.

« Toi, tu tiens parce que tu es froid », m'avait-elle dit un jour, assise en tailleur sur un banc du préau, une sucette au bout des doigts. *« Tu es de la glace, Phil. La glace, ça casse, mais ça ne pourrit pas. »*

J'ouvre le carnet. Les pages sont jaunies, l'encre a viré au gris. Mon écriture de l'époque était différente. Plus petite, plus nerveuse. Une écriture de fourmi qui cherche à échapper à la botte. Je tourne les pages, cherchant la date. Janvier 2007. Juste après. Juste après que le monde se soit brisé. Juste après Lise. Juste après *l'Autre.*

Je tombe sur le texte. Je le connais par cœur, mais le relire, c'est comme passer le doigt sur une cicatrice en relief. Je vois aussitôt les maladresses. Le style est lourd, gonflé d'une emphase adolescente un peu ridicule. J'écrivais mal. J'écrivais « comme un ado », avec des grands mots pompeux pour essayer d'habiller le vide, pour noyer mon chagrin autant dans les métaphores que dans le flou artistique. C'était prétentieux et désespéré. Mais c'était sincère. C'était ma seule prière.

Je lis à voix haute, dans le noir, pour Lise, pour moi, pour essayer de comprendre pourquoi l'écho me fait si mal :

« On ne voit pas la vitre, on sent seulement le froid quand on s'y colle. Je suis né du mauvais côté de la transparence… »

Je m'arrête. Mon souffle est court. C'est… C'est la même musique. C'est exactement la même tonalité que ce que Dubois m'a cité, l'autre jour, avec ses grands airs de tragédienne. C'est ce que j'ai lu en filigrane dans la copie de Mercier.

Je ferme les yeux, pris de vertige. Comment est-ce possible ? Comment cette gamine de dix-sept ans, née bien après que les cendres ne soient refroidies, peut-elle parler le même langage que moi ? Est-ce que la douleur a toujours les mêmes mots ? Est-ce que le lycée de Montreval produit les mêmes phrases, génération après génération, comme une usine maudite ?

— Elle parle comme nous, Lise. C'est terrifiant.

Je tourne la page, cherchant une ancre, quelque chose de réel. Décembre 2006. Il y a une note en marge, d'une autre écriture. Une écriture large, bouclée, vivante. Celle de Lise. Elle avait emprunté mon carnet deux semaines avant sa mort. Elle avait écrit : *« T'as le droit d'avoir peur, mais t'as pas le droit de lâcher. Si tu lâches, ils gagnent. »*

Je passe mon pouce sur l'encre de Lise. C'est le seul endroit où elle est encore vivante. C'est cette phrase qui m'a fait tenir. Je me la suis répété pendant que je comptais les carreaux au sol. *Pas le droit de lâcher.*

Je serre le carnet contre ma poitrine. Je me sens violé. Pas par le geste, mais par l'esprit. Élia Mercier ne m'a pas touché, mais elle a mis les doigts dans mon cerveau. Elle utilise mes métaphores, mes peurs, mon vocabulaire. Elle est en train de devenir moi, ou de faire de moi sa chose.

— Qu'est-ce qu'elle est, Lise ? demandai-je à l'ombre qui danse sur le mur. Une punition ? Est-ce qu'elle est là pour me rappeler que je n'ai jamais vraiment guéri ?

Je ne comprends pas. Je ne comprends pas comment les mots peuvent traverser le temps avec une telle précision. Je ne pense pas au vol. Je ne pense pas aux archives. Je suis trop bouleversé pour être logique. Je pense à la magie noire. Je pense au destin qui se moque de moi. Elle a trouvé la fréquence. Elle a trouvé la note exacte qui fait exploser le verre.

Je range le carnet dans la poche zippée, avec des gestes lents, fébriles. Je vais dans la salle de bain. J'allume le néon cru. Je regarde mon visage dans le miroir. Je vois les cernes, la peau pâle, le col trop serré. Et derrière mon épaule, je cherche le reflet de Lise. Mais il n'y a personne. Je suis seul face à cette fille qui sait tout de moi sans que je lui aie jamais rien dit.

— *Si tu lâches, ils gagnent*, répété-je mécaniquement.

Je rajuste ma cravate, comme pour resserrer les boulons de mon propre esprit qui menace de se disloquer. Je ne sais pas comment elle fait. Je ne sais pas qui elle est. Mais elle a réussi une chose que personne n'avait faite depuis plus de quinze ans : elle m'a obligé à rouvrir le carnet. Et maintenant que la plaie est à l'air libre, elle va saigner.

CHAPITRE 25

Il est dix-sept heures quinze. Je suis dans le bureau de Monsieur Delorme. L'ambiance est feutrée, calme, presque somnolente. Nous ne parlons pas de discipline, ni de parents d'élèves, ni de pédagogie. Nous parlons de fournitures.

— Pour les annales du Bac Blanc, Philippe, je ne peux pas débloquer plus de crédits, dit Delorme en tamponnant un formulaire. Le budget reprographie est à sec. Il faudra que les élèves achètent les livres eux-mêmes.

Je hoche la tête. C'est une discussion banale, technique, rassurante. J'aime ces moments d'administration pure. Les chiffres sont propres. Ils ne pleurent pas, ils ne mentent pas. — Je comprends, Monsieur le Proviseur. Je leur ferai passer la liste demain.

Je suis détendu. Mon cartable est posé à mes pieds. Je regarde la pluie tomber par la fenêtre derrière le fauteuil de Delorme. Je me sens intouchable. Je suis le professeur principal des Premières, un homme respecté qui discute budget avec son supérieur. L'ordre règne.

— Autre chose, ajoute Delorme en posant son tampon. Pour la réunion de mardi…

Il ne finit pas sa phrase. La porte ne s'ouvre pas, elle explose. Le battant lourd percute la butée avec un bruit de coup de feu. Je sursaute violemment. Delorme lâche son stylo.

Dans l'encadrement, Marianne Dubois. Mais ce n'est pas la femme effacée que je croise au CDI. C'est une furie. Elle est échevelée, trempée, ses lunettes de travers. Elle respire comme si elle avait couru, une respiration rauque, animale. Elle tient une enveloppe kraft froissée dans sa main comme une arme.

Le temps ne s'est pas arrêté tout de suite. Il a d'abord ralenti, s'étirant comme une gomme brûlée jusqu'à ce que chaque seconde devienne une heure insupportable.

Marianne tenait les feuilles. Elle tenait mon âme entre ses doigts manucurés, et elle s'apprêtait à la lire comme on lit un rapport d'incident à la cantine.

— *« À toi qui es passée de l'autre côté… »*

Sa voix. Ce n'était plus la voix de la documentaliste, cette voix un peu aiguë, toujours teintée d'une indignation vertueuse. C'était devenu un son blanc. Une fréquence parasite qui faisait vibrer les os de mon crâne. Je me suis agrippé aux accoudoirs du fauteuil visiteur. Le cuir a grincé sous mes ongles. C'était le seul son réel dans ce bureau qui commençait à se dissoudre.

— *« J'ai mis des jours à écrire ça. Des jours à frotter ma peau sous la douche… »*

Non. Tais-toi. Je voulais hurler, mais ma langue était devenue un morceau de bois sec. Elle avait gonflé, remplissant ma bouche, m'étouffant. *Elle lit ma honte.* Je fermai les yeux, mais cela ne servit à rien. L'obscurité n'était pas vide. Dans le noir de mes paupières, je vis la porte de la serre. Je sentis l'odeur. Cette odeur ignoble de travaux pas terminés et d'eau de Cologne.

— *C'était lundi. Il était 8 heures. Le lycée était une cage thoracique qui aspirait violemment sa première bouffée d'oxygène.*

Mon cœur rata un battement. Un coup de poing dans la poitrine. Je me souvenais trop bien de ce moment. Je me souvenais en pleurant, raturant le mot « cage » trois fois dans ma tête parce que ma main tremblait trop. C'était ma poésie. Ma douleur sublimée maladroitement par des métaphores d'adolescent. Elle retournait le couteau. Elle m'accusait avec mes souffrances. L'ironie était si violente, si parfaite, qu'elle me donna la nausée.

Je sentis une goutte de sueur glisser le long de ma colonne vertébrale. Froide. Glaciale. Comme « son » doigt qui trace la ligne de mon dos. *Ne bouge pas. Si tu ne bouges pas, ça va passer.* C'était mon mantra. La règle de survie du verre. Rester immobile. Rester transparent. Mais Marianne cassait la vitre à coups de marteau.

— *«* Regarde-toi. Tu te crois encore pouvoir te défendre contre moi, maintenant ? *»*

Ses paroles résonnaient dans le bureau de Delorme comme des coups de feu. Je sursautai violemment. Delorme me regarda, effrayé. Il ne voyait pas un homme en détresse. Il voyait un coupable qui craque. Il voyait la confirmation de ses pires craintes. Je voulus lui dire : *Michel, ce n'est pas moi, enfin, si, c'est moi ! C'est moi qu'on a brisé.* Mais comment dire ça ? Comment dire à cet homme qui respectait mon autorité, ma rigidité, mes costumes impeccables, que je n'étais qu'une petite chose sale ? Que le « Gardien » n'était qu'une coque vide construite autour d'un trou béant ? Si je parlais, je mourrais. Si je me taisais, je mourrais.

Je posai mes coudes sur mes genoux. Je pris ma tête entre mes mains. Ce n'était pas une posture de désespoir. C'était une nécessité physique. J'avais l'impression que mon crâne allait s'ouvrir, que les sutures de mes os allaient lâcher sous la pression.

— *« Tu n'es rien. »*

La voix de Marianne changea. Elle imitait. Elle prenait une voix grave, menaçante, pour lire les paroles du bourreau. Elle ne savait pas à quel point elle était juste. Elle avait pris l'intonation exacte de Mercier. Je n'étais plus dans le bureau. Le tapis persan de Delorme avait disparu. Je sentais le froid du carrelage de la réserve sous mes genoux nus. Je sentais la brûlure des éraflures. Je revois ses chaussures. Des mocassins en cuir marron, avec des pampilles. Je fixais ces pampilles pour ne pas voir son visage. *Tu n'es rien.* La phrase tournait en boucle. Une vis sans fin qui s'enfonçait dans mon cerveau. *Rien. Juste une chose molle. Juste une poupée de chiffon qu'on utilise et qu'on jette.*

J'entendis un bruit étranglé. C'était Delorme. Il étouffait de dégoût. Il regardait son collègue se transformer en monstre. Il ne savait pas qu'il regardait un homme se faire dévorer vivant par son passé.

— *J'ai voulu crier, mais j'ai pensé : « Si je crie, il serre. »*

Je sentis la ceinture. Le cuir qui crisse. L'air qui manque. Je portais la main à ma cravate. Je tirai dessus. Je devais l'enlever. Je devais respirer. Mais mes doigts étaient engourdis, inutiles. Je griffai ma propre gorge. Je sentis mon « moi » se détacher. C'était cette sensation familière, cette « dissociation » qui m'arrivait quand le moi d'avant refaisait surface. Je sortais de mon corps. Je me voyais d'en haut : un homme en costume gris, plié en deux sur une chaise, en train de s'effondrer pendant qu'une femme en colère lui lisait son propre testament. La scène était d'un grotesque absolu. Une comédie macabre.

— *Il a dit : « T'es qu'une merde, en fait. »*

Marianne cracha la phrase. Quelque chose se rompit en moi. Un barrage céda. Ce n'était pas des larmes d'adulte. C'était des larmes anciennes, dans des citernes scellées. Elles montèrent, brûlantes, acides. Un sanglot m'échappa. Un bruit rauque, mouillé, laid. Le bruit d'un animal qu'on achève. Je pleurais devant eux. Le Gardien pleurait.

L'homme de pierre, l'homme de fer, l'homme qui ne tolérait pas un pli sur une chemise, morvaillait dans ses mains comme un enfant perdu. Je sentais le regard de Marianne. Elle ne voyait pas ma douleur. Elle voyait la culpabilité. Elle se disait : *Il pleure parce qu'il regrette. Il pleure parce qu'il a peur de la prison.* Elle ne pouvait pas comprendre que je pleurais la mort de Philippe Vasseur.

— *Appelez la police, Michel.*

Le mot « police » flotta dans l'air, irréel. Qu'ils appellent. Qu'ils viennent. Qu'ils me mettent les menottes. Ce serait presque un soulagement. En prison, au moins, les murs sont solides. En prison, on ne vous demande pas de faire semblant d'être fort. Mais je savais que ça n'arriverait pas. Le pire n'était pas la prison. Le pire était ce qui allait franchir la porte.

Trois coups. *Toc. Toc. Toc.*

Le son était timide, hésitant. Mais pour moi, c'était le bruit du destin qui frappait avec une masse d'armes. Je sus. Avant même que la porte ne s'ouvre, je sus que c'était elle. L'architecte de ce cauchemar. Celle qui avait fouillé mes tripes et réécrit l'histoire avec mon sang.

La porte s'ouvrit. Le silence qui tomba sur la pièce avait une densité physique. Il pesait sur mes épaules. Je relevai la tête. C'était un effort titanesque. Mes vertèbres craquèrent. Mes yeux brûlaient, ma vision était brouillée par les larmes, mais je la vis.

Élia. Elle se tenait dans l'encadrement. Minuscule. Noyée dans ce pull trop grand qui lui donnait l'air d'un oisillon tombé du nid. Elle serrait son sac contre elle. C'était une performance d'actrice. C'était du grand art. Elle leva les yeux vers nous. Elle balaya la scène. Elle vit Delorme, blême, la main sur le téléphone. Elle vit Marianne, vibrante, en pleine jouissance justicière. Et puis, elle me regarda.

Nos regards se connectèrent. Ce fut un choc électrique. Marianne y vit sans doute de la peur. Delorme y vit de la honte. Moi, je vis la vérité. Derrière la frange blonde, derrière les cils baissés, ses yeux étaient secs. Clairs. D'une lucidité terrifiante. Il n'y avait pas de victime là-dedans. Il y avait un prédateur qui contemple sa proie agonisante. Pendant une fraction de seconde, une seconde qui dura une éternité et qui n'appartint qu'à nous deux, elle laissa tomber le masque. Juste pour moi. Elle me sourit. Pas avec la bouche. Avec les yeux. Un regard qui disait : *Tu vois ? Je t'avais dit que tu n'étais pas solide. Je t'avais dit que le verre cassait.* Elle avait lu mon carnet. Elle savait tout. Elle savait pour la Serre. Et elle avait utilisé ça pour me détruire. C'était d'une cruauté si pure, si raffinée, que j'en fus presque admiratif.

— *Je… je voulais juste m'excuser pour mon retard*, murmura-t-elle.

Sa voix tremblait parfaitement. Une voix de petite fille brisée. C'en était trop. Cette phrase banale, absurde, face au cataclysme qu'elle avait déclenché, c'était le coup de grâce. Un râle sortit de ma gorge. Je ne pouvais plus la regarder. Je ne pouvais plus soutenir la vue de mon propre reflet déformé dans ses yeux. Je replongeai ma tête dans mes mains pour me cacher, pour disparaître, pour retourner dans le noir.

J'entendis Marianne se précipiter vers elle.

— *Élia ! Mon Dieu… Viens.*

Je sentis le déplacement d'air. Marianne l'enveloppait, la protégeait, l'emmenait loin du « monstre ». Elle emmenait le loup loin de la bergerie en croyant sauver l'agneau. Elles sortirent. La porte se referma doucement. Le clic de la serrure fut le point final de ma vie.

Je restai seul avec Delorme et le bruit de la pluie contre la vitre. Je regardai mes mains. Elles tremblaient tellement qu'elles semblaient floues. Philippe Vasseur n'existait plus. Il n'était qu'un tas de gravats sur une chaise de bureau. L'insecte avait été écrasé. La vitre n'avait pas cédé ; c'est moi qui avais explosé. Et le plus terrifiant, c'était que je ne voulais même pas me recoller. Je voulais juste qu'on me balaie.

CHAPITRE 26

Marianne est sortie, emportant Élia dans son sillage comme une louve emporte son petit. Delorme s'est levé d'un bond. Il m'a jeté un regard effaré, indéchiffrable, puis il s'est précipité dans le couloir derrière elles, me laissant seul au milieu des débris de ma vie.

La porte est restée entrouverte. Je n'ai pas bougé. Je suis resté figé sur ma chaise, les mains sur les genoux, fixant le vide. Combien de temps ? Dix minutes ? Une heure ? Le temps n'avait plus de prise. Je n'entendais que le bourdonnement du sang dans mes oreilles et, au loin, des voix étouffées, des bruits de pas, l'agitation d'une administration qui tente d'étouffer un scandale avant qu'il ne prenne feu.

Puis, le silence est retombé. Un silence de coton, épais, définitif. La porte s'est refermée doucement. On a tourné le verrou. J'ai relevé les yeux. Delorme était revenu. Il s'est appuyé contre le battant, le visage gris, le front perlé de sueur. Il avait vieilli de dix ans en vingt minutes. Il a contourné son bureau d'un pas lourd et s'est laissé tomber dans son fauteuil. Il a ramassé les feuillets éparpillés que Marianne avait laissés. Il les a remis dans l'enveloppe kraft avec des gestes lents, méticuleux. Il cachait l'horreur. Il faisait le ménage.

— Philippe…

Il ne me regarde pas. Il ramasse les feuillets éparpillés sur son bureau. Il les remet dans l'enveloppe kraft. Il cache l'horreur. Il fait le ménage.

— Madame Dubois est… passionnée, dit-il en s'asseyant sur le coin de son bureau, face à moi. Mais elle a soulevé un point. Si cette lettre sort d'ici… c'est la fin. Pour toi. Pour le lycée.

Je ne réponds pas. Je regarde mes mains posées sur mes genoux. Elles sont immobiles. Ce ne sont pas des étaux. Ce sont des choses mortes. Je n'ai plus d'avis. Je n'ai plus de colère. Une substance lourde, visqueuse remplit ma gorge. C'est la honte. Une honte fossilisée, qui se réveille brutalement. Elle ne vient pas de ce que je viens d'entendre, elle vient de ce que je ressens : je me sens sale. Je me sens coupable d'être là, d'exister, d'avoir un corps que l'on peut pointer du doigt. L'accusation de Marianne a tout aspiré. Elle a pris ma mémoire, elle l'a tordue, et elle me l'a renvoyée en pleine figure. Je suis à la fois la victime et le monstre. Les deux images se superposent et s'annulent, ne laissant qu'un gris uniforme, celui de la souillure.

— J'ai parlé avec la jeune fille, reprend Delorme. Avant que Dubois ne fasse son entrée théâtrale.

Il marque une pause. Il observe ma réaction. Il n'y en a aucune. Je suis incapable de bouger. La honte est un ciment à prise rapide.

— Elle est raisonnable, Philippe. Étonnamment raisonnable pour une gamine.

Il tapote l'enveloppe.

— Elle ne veut pas de procès. Elle ne veut pas de police. Elle a dit qu'elle ne voulait pas « qu'on la regarde comme une bête curieuse ». Elle a dit qu'elle voulait juste que ça s'arrête. Que la peur s'arrête.

Je comprends. Ce n'est pas de la clémence. C'est du calcul. Un procès demanderait des preuves. Des expertises. Des dates. Tout s'effondrerait. Elle ne veut pas la justice. Elle veut mon départ. Mais peu importe sa stratégie. Ce qui compte, c'est que je ne peux pas parler. Si je parle, je dois expliquer. Si j'explique, je dois raconter la réserve, le froid. Je dois dire « C'est moi ». Et rien que d'y penser, j'ai envie de disparaître sous le plancher. La honte vient de coudre mes lèvres.

— Voici la solution, dit Delorme.

Il emploie ce mot, « solution », comme s'il s'agissait d'un problème d'emploi du temps ou de fuite d'eau.

— Pas de plainte. Pas de vagues. Pas de scandale qui éclabousse l'établissement. En échange… tu pars.

Il me fixe.

— Tu prends tes congés restants. Tu te mets en arrêt maladie jusqu'à la fin de l'année. Et l'année prochaine, tu demandes ta mutation. Loin.

— Loin, répété-je. Ma voix est neutre.

Je ne reconnais pas ce timbre. C'est la voix d'un automate programmé pour fuir.

— C'est le mieux, Philippe. Pour tout le monde. Si on va au pénal, ta carrière est finie avant même le jugement. La rumeur te tuera. Là… on étouffe. On éteint. Il se penche vers moi, complice malgré lui.

— Elle a promis de se taire si tu disparais. C'est un marché.

Je devrais refuser. Je devrais me battre pour mon honneur, mais je n'ai plus de force. L'idée de devoir raconter, de devoir me justifier, de devoir peut-être m'expliquer, cette idée m'est insupportable. Si je me bats, je dois rouvrir la plaie devant tout le monde. Je dois montrer ma cicatrice. Et la honte est plus forte que la justice. La honte gagne toujours. Si je pars, je garde mon secret. Je perds tout le reste — mon métier, ma dignité, ma ville — mais je garde le silence. Et le silence est la seule chose propre qui me reste.

— D'accord. Le mot tombe. Simple. Définitif. Delorme soupire. Un long soupir de soulagement qui dégonfle sa poitrine. Il a sauvé les meubles. Il a sauvé son lycée.

— C'est sage, dit-il. Il se lève, contourne son bureau, et me tends un formulaire pré-rempli. — Signe là. C'est ta demande de mise en disponibilité immédiate.

Je signe. Mon écriture ne tremble pas. Elle est juste un peu plus petite que d'habitude. Une écriture de fourmi qui cherche à se cacher.

— Tu peux y aller, Philippe. Ne passe pas en salle des profs. Prends tes affaires et… rentre chez toi.

Je me lève. Je prends mon cartable. Il est léger, soudain. Comme s'il ne contenait plus rien d'important. Je sors du bureau. Le couloir est désert. Je marche vers la sortie. Je ne me retourne pas. Je ne regarde pas la porte de la salle 104. Je ne regarde pas le CDI. Je marche les yeux baissés, comme un coupable, parce que c'est ce que je ressens. Pas coupable d'avoir agressé Élia, mais coupable d'être ce que je suis : Une chose cassée qu'on jette.

Je traverse le hall. Je pousse la lourde porte vitrée. L'air extérieur me frappe le visage. Il est froid, humide. Il pleut toujours. Je marche jusqu'à ma voiture. Je m'assois au volant. Je ne mets pas le contact tout de suite. Je regarde le bâtiment de béton et de verre. L'Aquarium. J'ai passé la moitié de ma vie à essayer d'y revenir, à essayer de le dompter, de le surveiller. J'ai cru que je pouvais être le Gardien. Je n'étais que le concierge d'un cimetière, veillant sur ma propre tombe. Arrivé à la grille, je m'arrête. Une impulsion stupide, un réflexe de condamné qui veut voir l'échafaud une dernière fois. Je me retourne vers le bâtiment B. C'est un bloc gris sous le ciel gris. Les fenêtres sont des rectangles noirs, aveugles. Sauf une. Au premier étage. La salle 104. Ma salle. Il y a une silhouette derrière la vitre. Élia.

Elle est là. Elle ne devrait pas y être, la salle est fermée. Mais elle est là. Elle se tient debout, parfaitement immobile, les mains posées à plat sur le verre. La pluie ruisselle sur la façade, déformant les contours, mais je la vois. Je la vois mieux que je n'ai jamais vu personne. Elle ne pleure pas. Ses joues sont sèches. Ses épaules ne tremblent plus. Elle me regarde partir. Et lentement, très lentement, comme pour savourer chaque seconde de mon effacement, ses lèvres s'étirent.

Elle sourit. Ce n'est pas un sourire de victoire. C'est un sourire de satiété. Le sourire du prédateur qui vient de finir son repas et qui regarde les os. Elle a pris ma place. Elle a pris mon histoire.

Je détourne les yeux. La nausée me plie en deux. Je cours presque jusqu'à ma voiture. Je m'enferme dedans. Je verrouille les portières. Je démarre en trombe, les mains glissantes sur le volant. Je fuis. Dans le rétroviseur, le lycée s'éloigne, flou, noyé sous le déluge. Mais je sais qu'elle est toujours là, derrière sa vitre, à sourire dans le vide.

ACTE 3
— L'IMPACT —
CHAPITRE 27

La maison est calme. C'est une belle maison, une villa d'architecte aux lignes épurées, posée sur les hauteurs de Montreval comme une tour de contrôle de luxe. De la route, on ne voit qu'un mur d'enceinte blanc et un portail en aluminium brossé qui coûte le prix d'une berline allemande.

Je tourne la clé dans la serrure. La porte s'ouvre sans un grincement. Ici, tout est huilé, tout est propre, tout est mort. J'essuie mes pieds sur le paillasson invisible encastré dans le sol. Je ne veux pas laisser de traces de boue. Les traces, c'est pour les amateurs.

— C'est toi, Élia ?

La voix vient du salon. C'est une voix traînante, un peu pâteuse, enrobée de coton. 19 heures. L'heure du Chardonnay.

Je traverse le couloir en marbre. Je compose mon visage. Je lisse mon front, j'arrondis mes yeux, je détends ma mâchoire. Je déverrouille le programme « Fille Modèle ».

J'entre dans le salon. C'est une pièce immense, vitrée sur trois côtés, qui domine la vallée. On a l'impression de flotter au-dessus de la ville, intouchable. Ma mère est affalée sur le grand canapé en cuir blanc, un magazine de décoration posé sur les genoux, un verre à pied à la main.

Elle est belle, d'une beauté fanée par l'ennui et les UV. Elle ne travaille pas. Elle n'a jamais travaillé. Elle est « femme de ». Elle tourne vers moi son visage parfaitement maquillé, mais dont le regard est vide. Un vide différent du mien. Le mien est un abysse froid et structuré, un puits sans fond où je jette ce qui me gêne. Le sien est un terrain vague où poussent les mauvaises herbes de la médiocrité.

— Tu es trempée, ma chérie, dit-elle sans se lever. Tu n'avais pas ton parapluie ?

— Je l'ai oublié dans mon casier, Maman.

Mensonge numéro un. Il est dans mon sac. Mais l'oubli me rend faillible, donc humaine, donc adorable. Elle soupire, compatissante. Elle adore compatir. Ça lui donne l'impression d'avoir une âme.

— Oh, ma pauvre puce. Va te changer, tu vas attraper froid.

Je reste un instant plantée là, mon sac à l'épaule. Je la regarde. Je regarde ses mains molles, ses épaules affaissées, cette façon qu'elle a d'occuper l'espace en s'excusant d'être là. Je la déteste. C'est viscéral. Parfois, je me demande comment je peux partager cinquante pour cent de mon ADN avec une créature aussi faible. Elle est une proie naturelle. Si elle n'était pas protégée par l'argent de mon père, elle se serait fait dévorer par la vie en deux semaines. Elle est le déchet de l'évolution.

— Et ta journée ? demande-t-elle en tournant une page de son magazine, feignant l'intérêt maternel entre deux photos de cuisines italiennes.

— Oh, banale, dis-je d'une voix légère.

Je pose mon sac sur un fauteuil design où personne ne s'assoit jamais.

— On a eu un contrôle de maths. Je crois que j'ai bien réussi. Et puis on a eu une heure de permanence à la fin, Monsieur Vasseur n'était pas là.

Elle lève un sourcil, intéressée malgré elle par ce micro-événement.

— Ah bon ? C'est rare qu'il soit absent, ce professeur, non ? On dit qu'il est tellement strict. Aux dîners du Rotary, on en parle comme d'un moine soldat.

— Oui. Il a dû avoir un empêchement.

Je souris intérieurement. *Un empêchement.* C'est une façon élégante de dire que je viens de lui trancher la gorge socialement et qu'il est probablement chez lui en train de regarder le mur.

— Tant mieux, continue-t-elle, indifférente, en buvant une gorgée. Ça te fait moins de travail. Tu vas pouvoir te reposer.

Elle ne voit rien. Elle ne sent rien. Je pourrais rentrer couverte de sang qu'elle me demanderait si c'est de la sauce tomate. Elle vit dans sa bulle de confort ouaté, persuadée que le monde est gentil parce qu'elle a une carte Gold. C'est tragique d'être aussi aveugle.

Elle jette un coup d'œil à la pendule murale, une chose abstraite sans chiffres. Son visage se voile d'une inquiétude familière.

— Ton père ne devrait pas tarder. Il avait une réunion de chantier au Belvédère. Il paraît qu'il y a des soucis avec le sol.

Elle frissonne, comme si le simple fait d'évoquer le travail de son mari la fatiguait.

— Il est tellement dur en ce moment, Élia. Tellement tendu. S'il te plaît, essaie de ne pas le contrarier ce soir.

Je la regarde avec pitié. Elle a peur de lui. Elle a peur de ses silences, de sa voix lourde, de sa présence qui sature l'air. Elle voit mon père comme un tyran domestique qu'il faut amadouer avec des plats mijotés et des sourires dociles.

Moi, je le vois comme un requin dans un bocal de poissons rouges. Il est froid, absent, égoïste. Il ne s'intéresse à moi que quand je brille, parce que je suis une extension de sa réussite. Je suis son trophée, comme cette maison, comme sa voiture. Mais je le respecte. Parce qu'il est un gagnant. Il écrase les autres avec le sourire. Il serre des mains tout en plantant des couteaux dans les dos. Il sait comment le monde fonctionne : il y a ceux qui tiennent le manche de la pelle, et ceux qui creusent.

Heureusement que la loterie génétique a bien fait les choses. J'ai pris le physique inoffensif de ma mère — cette douceur blonde qui désarme la méfiance. Mais à l'intérieur, j'ai pris le moteur de mon père. Je suis constituée à cinquante pour cent de prédateur. C'est ce qui me sauve. C'est ce qui fait que je ne finirai jamais comme elle, à attendre que la vie passe en feuilletant des catalogues de canapés.

— Ne t'inquiète pas, Maman, dis-je doucement. Je serai sage.

Je m'assois dans le fauteuil, face à la baie vitrée. Dehors, la nuit tombe sur la vallée. Les lumières de Montreval s'allument une à une, minuscules, dérisoires. Je ne monte pas dans ma chambre. J'attends. J'attends le bruit du moteur. J'attends que le vrai maître des lieux rentre pour que la soirée commence.

CHAPITRE 28

Le faisceau des phares balaie le salon à travers la baie vitrée, deux lames blanches qui découpent la nuit avant de s'éteindre. Puis, le bruit du moteur s'arrête. C'est un silence lourd qui tombe d'un coup, comme une masse.

À cet instant précis, l'atmosphère de la maison change. La pression atmosphérique chute. Ma mère, toujours affalée sur le canapé, se redresse par un réflexe pavlovien. Elle pose son verre, lisse sa jupe, remet une mèche de cheveux derrière son oreille. Elle vérifie son reflet dans la vitre noire. Elle se prépare à être décorative.

Moi, je ne bouge pas. Je reste assise dans le fauteuil, mes mains posées à plat sur mes genoux. Je n'ai pas besoin de me préparer. Je suis prête par nature.

La porte d'entrée s'ouvre. Pas de claquement. Henri Mercier ne claque pas les portes, il les possède. Il entre dans le hall et l'espace semble rétrécir instantanément. Il porte son costume gris anthracite, coupé sur mesure, celui qui coûte plus cher que la voiture de Marianne Dubois.

Il entre dans le salon sans un mot. Il apporte avec lui l'odeur du dehors : un mélange de froid, de tabac de luxe et de poussière de ciment. C'est une odeur que j'adore. C'est l'odeur de la ville qu'on écrase pour en construire une autre.

Il ne regarde pas ma mère. Il va directement au bar, se sert un whisky, sec, sans glace. Le cristal de la carafe tinte contre le verre. C'est seulement une fois qu'il a bu la première gorgée qu'il daigne nous accorder une existence.

— Bonsoir, lâche-t-il.

Sa voix est une coulée de béton. Lourde, compacte, sans bulles d'air.

— Bonsoir, chéri, répond ma mère avec un entrain pathétique qui sonne faux. Tu as eu une bonne journée ? La réunion s'est bien passée ?

Il se tourne vers nous. Il a ce visage carré, taillé à la serpe, que tout Montreval connaît et redoute. Les yeux sont bleus, comme les miens, mais les siens sont délavés par des années de calculs de rentabilité et de mépris.

— La réunion s'est passée, dit-il en s'asseyant dans son fauteuil en cuir, le seul qui fait face à la vue panoramique. On a eu un souci avec le lot 4 du Belvédère. Une ruine médiévale que la mairie voulait faire classer. Trois pierres moussues qui gênaient le terrassement.

Il boit une gorgée. Il sourit. Ce n'est pas un sourire de joie. C'est un sourire de bulldozer.

— J'ai fait remblayer par-dessus ce matin. À l'aube. Avant que l'architecte des Bâtiments de France ne se réveille.

Ma mère rit, un petit rire nerveux, mondain.

— Oh, Henri… Tu es incorrigible. Le patrimoine, c'est important quand même…

— Le patrimoine, c'est la mort, coupe-t-il sèchement. C'est de la pierre qui s'effrite. C'est sale. Montreval crève de son passé. Moi, je lui donne des poumons neufs. Du béton armé. Ça, c'est propre. Ça, ça dure.

Je l'observe. Je bois ses paroles. C'est le seul être humain que je considère comme mon égal. Les autres voient un promoteur immobilier sans scrupules, un affairiste qui défigure la région avec ses cubes gris. Moi, je vois un artiste. Un sculpteur de réalité.

Il a compris la règle fondamentale : le monde se divise en deux catégories. Ceux qui construisent des murs, et ceux qui se cognent dedans. Vasseur était de ceux qui se cognent. Il croyait tenir les murs, mais il n'était que du plâtre humide. Mon père, lui, tient la truelle.

Il tourne la tête vers moi. Ses yeux se plissent. Il me scanne. Il ne voit pas la « petite fille modèle » que je vends à Dubois. Il voit ce qu'il y a derrière. Il voit le moteur.

— Et toi ? demande-t-il.

C'est tout. « Et toi ? ». Il ne demande pas si j'ai eu de bonnes notes. Il s'en fout. Il sait que je suis intelligente, c'est la moindre des choses. Il demande autre chose. Il demande si j'ai gagné du terrain. Si j'ai étendu le territoire.

Je soutiens son regard. Je ne cille pas.

— J'ai fait du nettoyage, Papa. Au lycée.

Il y a un silence. Il fait tourner le liquide ambré dans son verre, observant le tourbillon. Il comprend. Il ne connaît pas les détails, il ne sait rien de Vasseur, de la Serre, de mes mensonges ni de la documentaliste que je manipule. Mais il reconnaît le ton. C'est le ton de celui qui vient de signer un contrat en éliminant la concurrence.

— C'est bien, dit-il.

Il se lève, s'approche de moi. Il pose sa main large et lourde sur le sommet de mon crâne. Ce n'est pas une caresse paternelle. C'est une pesée. Il vérifie la solidité des fondations.

— Ne laisse rien traîner, Élia. Quand on abat un mur porteur, on évacue les gravats tout de suite. Sinon, on trébuche dessus.

— C'est prévu. Les gravats sont déjà à la décharge.

Il hoche la tête, satisfait. Il a vu le loup dans mes yeux. Il a reconnu sa propre espèce. Il retourne vers le bar pour se resservir. Ma mère nous regarde, perdue, exclue de ce dialogue muet entre prédateurs. Elle fronce les sourcils, sentant confusément qu'une langue étrangère est parlée sous son toit.

— Je ne comprends pas de quoi vous parlez, soupire-t-elle en se levant pour lisser un pli imaginaire sur le canapé. Quel nettoyage ? Tu as rangé ta chambre ?

Mon père et moi échangeons un regard. Un micro-sourire complice, presque invisible.

— Oui, Maman, dis-je doucement. J'ai rangé ma chambre. Tout est en ordre.

Mon père vide son verre d'un trait. Il pose le cristal sur le meuble laqué.

— Je vais dans mon bureau. J'ai des appels à passer pour le permis de construire de la zone Sud. On ne m'attend pas pour dîner.

Il sort sans un regard en arrière. Il laisse ma mère seule avec son magazine et son vide. Il sait que je suis là. Il sait que la relève est assurée. Je regarde mon père disparaître dans le couloir. Il maintient cette ville dans la modernité à coups de millions et de béton. Moi, je fais la même chose à mon échelle. Je modernise. J'élimine les structures obsolètes.

Je me lève.

— Je monte aussi, dis-je à ma mère qui se sert un deuxième verre.

— Déjà ? Mais… on devait commander des sushis…

— Je n'ai pas très faim, finalement.

Je la laisse. Je monte l'escalier de marbre froid. Je suis la fille de mon père. Je suis faite de béton armé. Et rien, ni personne, ne pourra me fissurer.

CHAPITRE 29

Je ferme la porte de ma chambre. *Clic.* Le bruit le plus doux du monde. La ponctuation finale d'une performance sans fausse note.

Je jette mon sac sur le lit. Il rebondit sur la couette. Je ne le range pas. Fini de jouer la petite fille ordonnée, l'élève modèle qui s'efface dans le décor. Je suis seule. Je peux enfin retirer le costume.

Je vais devant le grand miroir en pied. Je scrute mon visage. Il est lisse, parfait. Les joues sont encore rosies par la comédie dramatique que je viens de jouer dans le bureau du Proviseur, mais les yeux sont secs. Je souris. Je souris de toutes mes dents. Pas ce sourire timide et tremblant que je sers à Dubois depuis des semaines. Non. C'est le sourire de l'artiste devant son œuvre achevée.

Je sors mon téléphone. J'ouvre la galerie. Je fais défiler les photos. *Clic.* Une page jaunie. *Clic.* Une écriture serrée, maladroite, pleine de ratures. *Clic.* Le mot « Insecte ». *Clic.* Le mot « Réserve ».

Je contemple ces images avec une satisfaction presque professionnelle. Je me souviens du jour où j'ai acquis cette matière première. C'était il y a trois semaines.

Ce n'était pas un coup de chance. Les gens comme Vasseur ne laissent rien au hasard ; il faut donc savoir écrire le destin à leur place. Il fallait créer une faille dans sa forteresse. J'avais remarqué qu'il ne lâchait jamais sa sacoche des yeux, sauf quand le désordre physique le menaçait directement. Il a horreur des corps qui lâchent, de la maladie, de tout ce qui est organique et incontrôlable. J'ai misé sur cette répulsion.

C'était une fin de cours, à 11 h. J'ai traîné pour ranger mes affaires. Quand le dernier élève est sorti, je me suis levée, j'ai fait deux pas vers son bureau, et je me suis effondrée. Pas une simple chute. Une chorégraphie. Une syncope artistique, brutale, renversant une chaise au passage dans un fracas terrible. Je suis restée au sol, inerte, bloquant ma respiration pour devenir toute rouge.

La réaction a été immédiate. Il a paniqué. Pas pour moi, pour lui. Il ne pouvait pas me toucher. Il ne savait pas quoi faire de ce corps en vrac au milieu de sa géométrie parfaite. Il a bégayé : « Mademoiselle Mercier ? Debout ! » Je n'ai pas bougé. Alors, il a fait la seule chose que son esprit rigide pouvait concevoir : il a fui pour aller chercher l'autorité médicale.

J'avais deux minutes. J'ai ouvert les yeux. Plus de malaise. Juste de l'adrénaline pure et une curiosité intellectuelle. Je me suis relevée d'un bond souple. J'ai foncé sur le cartable. Les fermoirs n'étaient pas verrouillés. *Clic. Clac.* J'ai fouillé. J'ai écarté les copies, les manuels rangés par taille. J'ai senti une épaisseur au fond. Un double fond zippé.

L'odeur du vieux papier m'a sauté au visage. Une odeur de renfermé. Une odeur de faiblesse. C'était un vieux carnet Moleskine, fatigué, corné.

J'ai tout photographié en rafale. Chaque page de son petit journal pathétique. Chaque sanglot fossilisé dans l'encre grise. En lisant en diagonale, j'ai tout de suite compris le potentiel. Ce n'était pas de la grande littérature, c'était brouillon, c'était plaintif. Mais il y avait là une base exploitable. Cette rigidité, ce costume trop strict… ce n'était pas de l'autorité. C'était une armure en carton-pâte.

J'ai remis le carnet. J'ai refermé le sac. Je me suis replacée dans ma position de victime évanouie, attendant qu'il revienne avec l'infirmière. J'ai joué le réveil confus à la perfection. Il ne m'a même pas regardée. Il regardait le sol, terrifié par le désordre. Il ignorait que je venais de voler son âme.

Je m'allonge sur le lit, le téléphone au-dessus du visage. Je zoome sur une page. « On ne voit pas la vitre, on sent seulement le froid quand on s'y colle… »

Je relis ma lettre. Celle que j'ai donnée à Dubois. Et c'est là que réside ma plus grande fierté. Je n'ai pas seulement copié. J'ai réécrit.

C'est un travail d'orfèvre. J'ai pris ses mots maladroits, ses métaphores un peu lourdes, et je les ai sublimés. J'ai pris son traumatisme, cette douleur brute et informe, et je l'ai sculptée pour qu'elle devienne mon agression d'aujourd'hui. J'ai coupé les longueurs, j'ai aiguisé les phrases. J'ai transformé ses jérémiades en un réquisitoire implacable.

J'ai volé sa douleur, oui, mais je l'ai habillée sur mesure. Elle me va bien mieux qu'à lui.

Je repense à sa tête, dans le bureau, quand Marianne lui a hurlé ses propres phrases au visage. Il a blêmi. Il s'est effondré. Il n'a pas compris. Il a cru devenir fou parce qu'il a reconnu son style, mais avec une puissance qu'il n'avait jamais eue. Il a entendu sa propre voix, mais sortant de la bouche de sa perte. Il n'a pas pensé une seconde qu'une élève de dix-sept ans avait eu le talent de remanier son journal intime pour en faire une arme mortelle.

Les adultes manquent cruellement d'imagination. Ils cherchent des explications psychologiques. Ils ne voient pas l'évidence : je suis une meilleure autrice qu'eux.

Et Dubois… Ma fidèle lectrice. Ma petite marionnette. Elle a couru partout, elle a hurlé, elle s'est prise pour une justicière. Elle a déclamé mon texte avec une conviction touchante. Elle a fait tout le sale boulot. Elle a tué le monstre pour moi, en utilisant le scénario que j'avais écrit. Je n'ai même pas eu besoin de me salir les mains. J'ai juste eu à verser quelques larmes au bon moment pour la ponctuation. L'encre de mes yeux.

Je regarde le plafond blanc. Je me sens légère. Vasseur est parti. Il a fui comme un rat. Il ne reviendra pas. Il a trop honte. La honte, c'est puissant quand c'est bien écrit. Ça enferme les gens dans leur propre tête. Maintenant, la place est libre. La salle 104 est vide. Le couloir est vide. Tout est à moi.

Je repense à cette phrase qu'il avait soulignée en rouge dans son carnet, une citation médiocre : « Je suis l'insecte idiot qui se cogne à la vitre. »

Non, Philippe. Tu n'avais rien compris à ta propre histoire. Tu n'es pas l'insecte. Tu es la vitre. Et moi, je suis le caillou qui vient de pulvériser la fenêtre.

Je ris. Le rire monte dans ma gorge, clair, cristallin. Je ris toute seule dans ma chambre de jeune fille rangée. J'ai gagné. J'ai pris son passé, je l'ai réédité, et j'en ai fait mon avenir. Et le meilleur, c'est que personne ne le saura jamais. Je suis une victime officielle. Une œuvre d'art intouchable. Je suis la reine du lycée.

Je me lève. Je vais à la fenêtre. La nuit est tombée sur Montreval. C'est beau. C'est calme. C'est ma page blanche.

CHAPITRE 30

Le lycée est différent ce matin. La plupart des élèves ne le sentent pas. Ils traînent leurs pieds et leurs sacs comme d'habitude, bétail endormi qui avance vers l'abattoir des salles de classe. Ils ne voient pas que la pression atmosphérique a changé.

Moi, je le sens. C'est une vibration dans l'air. Une légèreté nouvelle. Le Gardien est parti.

Je passe devant la salle 104. La porte est fermée à clé. Les stores sont baissés. C'est un tombeau. Et c'est moi qui l'ai creusé. Je m'arrête un instant devant le bois verni. Je pose ma main à plat sur la porte. Elle est froide. Les autres avaient peur de lui. Ils voyaient le costume, la cravate serrée, la voix qui claque. Ils voyaient le « Gardien ». Ils étaient stupides. Moi, j'ai vu la fissure. J'ai glissé mon ongle dedans, et j'ai appuyé jusqu'à ce que tout éclate.

Je reprends ma marche. Je savoure mon triomphe. Je descends vers le hall. Je croise des professeurs qui me regardent avec une pitié dégoulinante. Ils savent. La rumeur a couru vite, portée par les courants d'air. *« La pauvre petite. » « Elle a été courageuse de parler. »* Ils s'écartent sur mon passage avec un respect religieux. Ils me traitent comme une porcelaine précieuse qu'il ne faut surtout pas bousculer. S'ils savaient que je suis le marteau qui a brisé la vitrine…

Et puis, je bute sur un obstacle. Au rez-de-chaussée, près des casiers, une masse bleue barre le chemin. Antoine Sorel. Il répare une serrure tordue. Il est agenouillé, massif, silencieux. Je ralentis. Je connais ce type. C'est le manœuvre. Celui que Marianne Dubois couve du regard comme un animal blessé. Je prépare mon masque. Programme : *Victime digne mais fragile.* Regard baissé, sourire triste.

Je passe à sa hauteur.

— Bonjour, Antoine. Ma voix est douce, voilée. Parfaite.

Il ne répond pas tout de suite. Il finit de visser un écrou. Puis il se relève lentement. Il est grand. Beaucoup plus grand que Vasseur. Et plus dense. Il s'essuie les mains sur son pantalon de travail. Il me regarde.

Et là, le programme beugue.

D'habitude, quand je lance le « regard triste », les adultes fondent. Ils deviennent mous. Ils veulent me protéger. Antoine, lui, reste dur. Son regard est opaque, impénétrable. Il ne me voit pas comme une « pauvre petite ». Il me scrute. Il y a dans ses yeux une lourdeur, une fatigue ancienne qui semble peser chaque gramme de mon mensonge. Il ne sourit pas. Il ne compatit pas. Il a ce tic, celui que j'ai remarqué l'autre jour au CDI. Il se mord la lèvre. Fort. Comme pour s'empêcher de cracher.

— Le casier est réparé, dit-il simplement.

Sa voix est plate. Sans affect. Il ramasse sa caisse à outils. Il me contourne. Il ne s'écarte pas par respect, comme les profs. Il m'évite comme on évite une flaque d'eau sale. Comme s'il sentait sur moi une odeur suspecte.

Je me fige. Mon sourire intérieur s'efface. L'adrénaline change de goût. Elle devient amère. Je me retourne pour le regarder s'éloigner. Son dos voûté, sa démarche lourde. Il sait. Je ne sais pas comment, ni pourquoi, mais il sait. Il a connu la vraie douleur, celle qui ne s'invente pas. Il a dû la voir chez Vasseur. Et il ne la voit pas chez moi. Je suis transparente pour lui. Mon costume de victime ne marche pas sur ce type.

Une alarme froide résonne dans ma tête. Vasseur était une fausse cible, un entraînement. Antoine est un vrai danger. Il est la seule fausse note dans ma symphonie. Le seul témoin qui ne pleure pas avec moi. Tant qu'il est là, tant qu'il me regarde avec ces yeux de chien battu lucide, je ne suis pas totalement en sécurité.

Je le regarde disparaître au coin du couloir. Je serre la lanière de mon sac. Je n'ai pas peur. Je ne connais pas la peur. Je ressens juste l'excitation d'une nouvelle chasse. J'ai abattu le Roi. Il me reste à éliminer le Cavalier.

Je sors mon téléphone. J'ouvre une nouvelle note. J'écris juste un nom : *Sorel.* Puis je range le téléphone. Lui, il n'a aucune chance face à moi. Il croit être solide parce qu'il est en bas de l'échelle sociale ? Je vais lui montrer qu'on peut tomber même quand on est déjà au sol.

CHAPITRE 31

L'ennui est une poussière. Il retombe sur le lycée, gris, étouffant, recouvrant chaque surface d'une pellicule de banalité. Cela fait deux jours que Vasseur est parti. Deux jours que je règne sur un royaume vide. C'est le problème avec la victoire : elle ne dure qu'une seconde. L'instant précis où la proie cesse de bouger. Après, ce n'est que du nettoyage.

Je suis installée au CDI, à ma table habituelle. Je fais semblant de lire un manuel d'économie, mais mon esprit est au sous-sol, avec le manœuvre. La rencontre de ce matin m'a laissée un goût amer. Sorel ne m'a pas crue. Il m'a regardée avec ses yeux de chien de garde et il a flairé l'arnaque. Il est dangereux. Il faut que je trouve une faille. Tout le monde a une faille. Même les blocs de béton.

Je sens une présence dans mon dos. Une chaleur moite, insistante. Marianne. Elle s'approche. Je l'entends respirer. Elle a cette façon de marcher sur la pointe des pieds qui est censée être discrète mais qui fait grincer le parquet. Elle pose une main sur mon épaule. Je déteste qu'on me touche. Ma peau se hérisse, mais je me force à rester molle. *Programme : Chatte blessée qui a besoin de câlins.*

— Comment tu vas, ma chérie ? chuchote-t-elle.

Ma chérie. C'est nouveau. Depuis que j'ai « avoué » pour Vasseur, elle se prend pour ma mère. Non, pire. Pour ma sauveuse. Elle a besoin de posséder ma douleur. Elle s'en nourrit. Sans mon drame, sa vie est un désert.

— Ça va, madame… C'est juste un peu vide, sans… sans la menace. Je baisse les yeux. C'est si facile.

Elle serre mon épaule. Ses doigts s'enfoncent dans ma chair. C'est poisseux. C'est collant. Elle est devenue insupportable. Avant, elle était un outil utile, le bélier avec lequel j'ai défoncé la porte de Vasseur. Maintenant, elle est juste… là.

— Je suis là, Élia. Toujours. Tu peux tout me dire. Nous sommes liées, maintenant.

Liées. Le mot me donne envie de vomir. Je ne suis liée à personne. Je tourne la tête vers elle et je la regarde. Je vois son vide immense qu'elle essaie de remplir avec mon histoire.

— Merci, Madame, dis-je avec un sourire triste. Je vais… aller chercher un livre dans le fond. J'ai besoin de calme.

Elle retire sa main, satisfaite d'avoir délivré sa dose de bonté.

— Vas-y, ma puce. Prends ton temps.

Je me lève. Je m'éloigne d'elle. Je vais vers le fond, vers les archives. Je ne cherche pas un livre. Je cherche une arme contre Sorel. Je sais qu'il était là en 2007. Je sais qu'il était dans la classe de Vasseur.

Je fouille dans les cartons empilés sur l'étagère du bas, celle que Marianne ne range jamais à cause de son lumbago imaginaire. La poussière vole. Je tombe sur une boîte en carton gris, étiquetée « Atelier d'écriture — Mme Perrot — 2006/2007 ». L'année clé.

J'ouvre. C'est un fatras de copies, de poèmes d'ados mal digérés. Je cherche des noms. Et je trouve un petit carnet vert, fin, sans spirale. Un carnet de brouillon. Sur la couverture, juste une initiale au feutre noir : **L.**

Je l'ouvre. L'écriture est ronde, droite, propre. Une écriture de première de la classe qui n'a jamais dépassé la marge. Je lis. *« Ils m'appellent Liseuse. Ils croient que c'est une insulte. C'est juste mon nom avec un peu plus de place pour les livres. »*

Je fronce les sourcils. C'est nul. C'est moralisateur. C'est d'une droiture agaçante. Cette fille — cette « L. » — devait être mon exact opposé. Le genre de fille qui ramasse les papiers par terre et qui croit que la gentillesse est une super-puissance. Mais en tournant les pages, je comprends. Elle était harcelée. Elle parle de solitude, de regards. Sauf qu'elle refuse de l'admettre. Elle appelle ça « tenir sa ligne ». Quelle arrogance.

Et puis, au milieu d'un paragraphe sur la dignité, le prénom saute aux yeux.

« Antoine croit qu'il m'embête. Il ne voit pas qu'il s'embête lui-même. Il s'épuise à faire du bruit pour couvrir son propre silence. »

Mon cœur rate un battement. Antoine. Je relis la suite.

« Antoine a renversé ma trousse aujourd'hui. Il a attendu que je pleure. J'ai ramassé. J'ai dit merci. Il ne sait pas quoi faire de mes mercis. Il est violent parce qu'il ne sait pas être autre chose. »

Je tourne la page. L'écriture se fait plus pressante, plus angoissée. Je tombe sur un paragraphe qui me fait l'effet d'une révélation :

« Il est tout le temps là. Il me suit. Il croit que je ne le vois pas, mais je sens son regard sur ma nuque comme une araignée surveille sa proie. Il touche mes affaires sous prétexte de les ranger. Il est partout où je suis. Il veut tout savoir, tout voir. Il m'étouffe. »

Un sourire lent étire mes lèvres. Tiens, tiens. Le chevalier blanc a un passé sombre. Le type qui me regarde de haut, le « saint » qui répare les serrures, était un petit tortionnaire de cour de récré. Et ce dernier passage… c'est de l'or en barre. C'est exactement ce que je vis avec Marianne. Si je remplace le « Il » par un « Elle », le portrait devient le sien. Je tiens mon arme.

C'est pour ça qu'il est si dur avec moi. Il ne me juge pas parce que je mens. Il me juge parce qu'il se reconnaît. Il reconnaît le prédateur parce qu'il en a été un.

Sauf que lui, c'était un amateur. Il renversait des trousses. Moi, je brise des carrières.

Je continue de feuilleter. Ce carnet est une mine d'or. Pas pour atteindre Sorel directement — il est trop brut pour être touché par de la poésie — mais pour comprendre la dynamique. C'est sa faille. Sa culpabilité est son talon d'Achille.

Je tombe sur une autre phrase, vers la fin du carnet : *« Aider, c'est rendre le monde faisable, pas dépendant. »*

Je m'arrête. Je lève les yeux vers le bocal vitré de Marianne. Elle est là-haut, elle me surveille, persuadée d'être indispensable. Elle m'a rendue dépendante. Elle veut que je sois sa chose. Cette phrase… c'est du poison pour elle. Si je lui sers ça, je la tue. Je réfléchis vite. J'ai deux cibles. Sorel, le roc qu'il faut dynamiter par la culpabilité. Et Marianne, l'éponge qu'il faut essorer jusqu'à la dernière goutte.

Je prends mon téléphone. Je photographie les pages sur Antoine. Je photographie la phrase sur l'aide. Je repose le carnet vert au fond de la boîte. Merci, L. Tu étais sans doute une fille bien trop parfaite pour rester à Montreval. Heureusement pour moi, je ne suis pas parfaite. Je suis efficace.

Je me redresse. Je lisse ma jupe. Je remets mon masque de petite fille perdue. Je sais comment je vais atteindre Sorel. Je ne vais pas l'attaquer de front. Je vais utiliser celle qu'il a fait souffrir et je vais utiliser Marianne pour le détruire, et je détruirai Marianne ensuite. C'est un jeu de billard. Et je viens de trouver l'angle parfait.

CHAPITRE 32

Je suis installée au fond du CDI, là où l'angle mort des gens de passage rencontre l'ombre des rayonnages. Devant moi, mon téléphone est posé à plat. L'écran brille dans la pénombre. Je fais défiler les photos que j'ai prises dans les archives.

L'écriture ronde et propre de cette fille, « L. », s'affiche en haute définition. Une fille sage. Une fille qui a quitté Montreval il y a longtemps, sans doute, chassée par la bêtise des garçons comme Antoine. À côté, une feuille de papier libre, vierge. Je recopie.

Mais cette fois, je change la cible. Vasseur est mort. Il me faut un autre coupable pour nourrir la bête. Je regarde le texte de cette inconnue : *« Il est tout le temps là. Il me suit… »* Je prends mon stylo. Je remplace le sujet. Pas « Il ». « Elle ».

Je m'applique à prendre une écriture tremblée, fragile. Une écriture de petite chose à bout de nerfs. J'écris :

« Elle est tout le temps là. Elle me suit. Elle croit que je ne la vois pas, mais je sens son regard sur ma nuque comme une araignée surveille sa proie. Elle touche mes affaires sous prétexte de les ranger. Elle est partout où je suis. Elle veut tout savoir, tout voir. Elle m'étouffe. »

Je relis. C'est parfait. Ce n'est pas une accusation frontale. C'est plus subtil. C'est le harcèlement de la « bienveillance toxique ». C'est exactement ce que fait Marianne. Elle me colle. Elle m'appelle « ma chérie ». Elle me touche l'épaule avec ses mains moites.

Antoine n'est pas stupide. Il a vu comment elle est. Il a vu qu'elle était intrusive, qu'elle se prenait pour la sauveuse du monde. S'il lit ça… il ne pensera pas que j'invente. Il pensera : *« C'est Dubois. Elle est obsédée par cette gamine. »*

Il tombera dans le panneau. Comme Vasseur. Les hommes comme Antoine, les repentis, ceux qui traînent un passé de « méchant garçon », ont une faille énorme : ils veulent se racheter. J'ai lu dans le carnet de « L. » qu'il renversait ses trousses, qu'il la faisait pleurer. Il était un petit caïd de cour de récré. Aujourd'hui, il joue au saint qui répare les serrures pour se faire pardonner d'avoir été une brute. C'est pathétique. Mais c'est utile. Si je lui fais croire qu'une nouvelle victime est harcelée par une nouvelle bourreau, son instinct de « rédemption » va se réveiller. Il va vouloir me protéger pour expier ses fautes envers cette « L. » qu'il a brutalisée jadis.

Il va se dresser contre Marianne. Et je n'aurai plus qu'à regarder le Cavalier manger la Reine.

Je plie la feuille avec soin. Une cocotte en papier. Un origami d'enfant triste. Je sais exactement où je vais la mettre. Dans sa loge. Il lit pendant ses pauses. J'ai vu le livre posé sur son établi, un vieux Victor Hugo. *Les*

Misérables. C'est ironique pour un type qui ne sait probablement pas aligner deux phrases. Je la glisserai dedans. Il l'ouvrira. Il verra l'appel au secours. Et la mécanique se lancera.

— Élia ?

Je sursaute. Je n'ai pas entendu la porte du local s'ouvrir. Je verrouille mon téléphone d'un clic rapide et je recouvre la cocotte avec ma trousse. C'est elle. La coupable idéale.

Marianne est là, juste derrière moi. Trop près. Comme dans la lettre que je viens d'écrire. Elle a les yeux brillants, les joues roses d'une excitation malsaine. Elle tient un mouchoir en boule dans sa main, prête à éponger une larme qui n'existe pas.

— Je t'ai vue toute seule… je me suis dit que tu avais besoin de présence.

Je force un sourire triste.

— Ça va, madame. Je réfléchissais.

— Tu réfléchis trop, ma puce. Il faut laisser l'esprit se reposer.

Elle se penche vers moi. Elle sent le thé tiède et l'angoisse. Elle pose une main sur mon bras. Sa paume est moite.

— Tu sais que je suis là, hein ? Je ne te lâcherai pas. Jamais.

Elle dit ça comme une promesse d'amour. C'est une menace. Je frissonne. Pour de vrai. Ce n'est même pas du jeu. Elle est vraiment étouffante. Ma fausse lettre ne ment pas, elle anticipe juste la réalité.

— Merci, madame, dis-je en retirant doucement mon bras, comme si sa peau me brûlait.

— Oh, pardon. Je t'envahis encore ? Elle recule d'un pas, jouant la fausse discrétion, la martyre de la gentillesse.

— C'est juste que… je m'inquiète. Tu es si pâle.

Elle ouvre les bras, comme pour m'inviter à m'y réfugier. Une étreinte. Elle veut que je vienne me blottir contre son gilet en laine qui sent la poussière et la solitude. La répulsion me frappe l'estomac. Je me raidis sur ma chaise. Je ne peux pas. C'est physique. Je la regarde.

Et pendant une fraction de seconde, mon masque glisse. Une lueur de dégoût passe dans mes yeux. Je la vois telle qu'elle est : une sangsue. Une chose molle qui veut boire mon sang pour se sentir vivante.

Marianne se fige. Elle a vu. Ses bras retombent le long de son corps. Son sourire vacille. Elle a capté l'éclat froid. L'éclat du verre coupant.

— Je… je vais te laisser, bafouille-t-elle. Tu as besoin d'air.

Elle recule, heurtant le coin de la table. Elle a peur. Pas peur pour moi. Peur *de* moi. Tant mieux. La peur rend maladroit. Elle se détourne et retourne vite vers son bocal, marchant d'un pas saccadé.

Je la regarde s'éloigner. Elle ne sait pas encore qu'elle est déjà morte socialement. J'ai écrit sa nécrologie sur une feuille de papier, et son bourreau est en train de lire Victor Hugo au sous-sol.

Je prends la cocotte. Je la glisse dans ma poche. Le piège est armé. C'est fascinant comme les gens creusent leur propre tombe. Je n'ai même pas besoin de fournir la pelle.

CHAPITRE 33

Le sous-sol du lycée est un autre monde. C'est le royaume des tuyaux qui suintent, du ronronnement sourd de la chaufferie et de la lumière artificielle qui ne s'éteint jamais. C'est le ventre de la baleine.

J'attends que le couloir soit désert. Il est 12 h 30. Les élèves sont à la cantine, les profs en salle des maîtres. C'est l'heure creuse, l'heure des fantômes. Je descends l'escalier de service. Mes semelles de baskets ne font aucun bruit sur le béton brut. J'aime ce silence industriel. Il est plus honnête que le silence feutré du CDI. Ici, on ne fait pas semblant de réfléchir, on fait tourner la machine.

La porte de la loge d'Antoine est entrouverte. C'est une imprudence. Ou de la confiance. Il croit sans doute qu'il n'a rien à voler. Il a tort. On a toujours quelque chose à perdre, surtout quand on croit n'être personne.

Je glisse la tête dans l'entrebâillement. Personne. La pièce est petite, encombrée, mais rangée avec une maniaquerie qui trahit l'ancien militaire ou le névrosé. Des étagères métalliques, des boîtes de vis classées par taille, des outils alignés comme des soldats au garde-à-vous sur l'établi. Ça sent la graisse, le tabac froid et le savon bon marché. L'odeur de l'homme qui travaille de ses mains pour oublier ce qu'il a dans la tête.

Je n'entre pas complètement. Je reste sur le seuil, prête à bondir en arrière. Je repère immédiatement le livre. Il est posé sur le coin de l'établi, loin de la saleté, sur un petit chiffon propre. *Les Misérables*. La couverture est usée, la tranche cassée. C'est touchant, ce besoin de s'élever. Le manœuvre qui lit de la poésie entre deux débouchages de chiottes. Il doit se sentir « profond ». Il doit croire qu'il expie ses fautes en lisant les pleurnicheries de Victor Hugo sur sa fille morte.

Je sors la cocotte en papier de ma poche. Je m'approche. Je ne tremble pas. Mon geste est précis, chirurgical. J'ouvre le livre au hasard. Page 142. *« Demain, dès l'aube… »* C'est cliché. C'est parfait. Je glisse ma fausse lettre, mon origami empoisonné, entre les deux pages. Le papier blanc tranche sur le papier jauni du livre. On ne peut pas le rater. Je referme l'ouvrage. Je vérifie que je n'ai rien déplacé. L'angle est le même. La poussière n'a pas bougé.

Je recule. Je sors de la loge. Je ne remonte pas tout de suite. Je veux voir. Il y a un renfoncement un peu plus loin, derrière les gros tuyaux isolés de la chaufferie. Une cachette d'ombre idéale. Je m'y glisse. Je suis invisible. J'attends.

Cinq minutes. Dix. J'entends des pas lourds dans le couloir. Le rythme est lent, fatigué. C'est lui. Antoine apparaît. Il tient un sandwich triangle à la main. Il mange en marchant, sans plaisir, juste pour remplir le réservoir. Il a l'air soucieux. Il entre dans sa loge. Il pose son sandwich. Il s'assoit sur son tabouret haut. Il soupire. Un long soupir qui semble venir du fond des poumons, chargé de toute la lassitude du monde.

Il s'essuie les mains sur son bleu. Il tend le bras vers le livre. Mon cœur accélère. Pas de peur. D'excitation. C'est le moment où le poisson mord à l'hameçon. Il ouvre le livre. La cocotte tombe sur l'établi. Il fronce les sourcils. Il la regarde comme si c'était un insecte étrange. Il regarde autour de lui, vers la porte, suspicieux. Puis il la prend. Il la déplie. Ses gros doigts sont étonnamment délicats.

Je ne vois pas son visage, il est de profil. Mais je vois sa posture changer. Son dos se redresse. Ses épaules se tendent. Il lit. *« Elle est tout le temps là. Elle me suit… »* Il lit lentement, comme s'il déchiffrait une langue étrangère. Puis il arrête de lire. Il lève la tête. Il fixe le mur de parpaings en face de lui. Il serre le papier dans sa main. Pas pour le froisser, non. Pour le protéger. Il se retourne brusquement vers la porte ouverte, comme s'il cherchait la coupable invisible. J'ai juste le temps de me plaquer contre le tuyau froid.

Il ne me voit pas. Il murmure quelque chose que je n'entends pas, mais je vois sa mâchoire se contracter. Il se mord la lèvre. Il range le papier dans la poche de sa chemise, contre son cœur. Il ferme le livre d'un coup sec. Il ne mange plus son sandwich. Il se lève. Il fait les cent pas dans sa cage de trois mètres carrés. Il est agité. Il est en colère.

Je souris dans le noir. Il a mordu. Il a reconnu la détresse. Il a cru lire la plainte d'une petite fille harcelée, comme celle qu'il a brutalisée autrefois. Son instinct de protecteur s'est réveillé. Le loup repenti veut sauver l'agneau des griffes de la fausse bergère.

Il sort de la loge d'un pas décidé. Soudain, il s'arrête net dans le couloir. Je me fige, le cœur battant. M'a-t-il entendue ? Il regarde vers le fond, vers les piliers. Il semble parler à quelqu'un, ou grommeler. Son attention est captée par quelque chose là-bas, loin de ma cachette. C'est ma chance. Je profite de ce moment d'immobilité pour glisser vers l'escalier de service opposé, celui qui mène aux cuisines. Je disparais avant de savoir ce qu'il a vu.

ACTE 4
— LES TESSONS —
CHAPITRE 34

Elle était là, au fond de la salle, recroquevillée sur une table dans la pénombre. Une petite chose fragile, naufragée sur une île de stratifié clair. De loin, elle semblait lire, mais je voyais bien qu'elle ne tournait pas les pages. Elle fixait le vide.

J'ai ajusté mon gilet. J'ai pris le livre que j'avais mis de côté pour elle ce matin. Un recueil de poèmes de Louise Labé. Je me suis dit que la beauté des sonnets pourrait pansementer son âme écorchée. J'ai marché vers elle. J'ai voulu faire ce que je fais depuis des semaines : jouer mon rôle. Celui de la nouvelle Gardienne. De la Bonne Fée. Je marchais sur la pointe des pieds, feutrée, maternelle, persuadée que mon approche était une bénédiction, une lumière dans sa nuit.

— Élia ?

Elle a sursauté. C'était un sursaut minime, contrôlé. Elle a verrouillé l'écran de son téléphone qu'elle tenait sous la table. Elle a relevé la tête vers moi.

— Bonjour, madame.

— Je t'ai vue toute seule… je me suis dit que tu avais besoin de présence. Tu ne devrais pas rester isolée avec tes pensées, ma puce. C'est toxique.

Je me suis assise sur la chaise à côté d'elle, sans demander la permission. J'ai envahi son périmètre.

— Tu as pu dormir ? ai-je insisté, baissant la voix pour créer cette intimité conspiratrice que je chérissais tant. Les cauchemars se sont calmés ?

Je voyais son regard fuir vers la fenêtre. Elle semblait chercher une issue.

— Ça va, madame. Je… j'essaie de ne pas y penser.

— Il faut en parler, au contraire. Il faut expulser le venin. Tu as repensé à ce qu'il t'a dit ? À ce moment précis dans la réserve ?

Je voulais des détails. Je me disais que c'était pour l'aider à analyser, à digérer. Mais au fond, je voulais savoir. Je voulais entrer dans la pièce noire avec elle. Élia a eu un mouvement de recul imperceptible. Elle a pincé les lèvres.

— Je préférerais ne pas…

— Je suis là, ai-je coupé, posant ma main sur la sienne. Ma paume était moite. Je sentais la froideur de sa peau. Je suis ton filet, Élia. Tu peux tout me dire. Je suis la seule qui peut comprendre l'ampleur de ce qu'il t'a fait.

Elle n'a pas retiré sa main, mais elle ne l'a pas laissée s'abandonner non plus. Elle restait inerte sous mes doigts. Une chose morte. J'ai senti une pointe de frustration. Pourquoi ne s'ouvrait-elle pas davantage ? J'avais abattu le monstre pour elle. Je méritais sa confiance totale. Je méritais ses larmes.

— Tu réfléchis trop, ai-je murmuré. Il faut laisser l'esprit se reposer. Viens là.

Je me suis levée. Je me suis penchée vers elle. J'ai ouvert les bras. C'était un geste que je pensais irrésistible, le refuge ultime. Je voulais l'envelopper, boire sa peine pour la diluer dans ma force. Je voulais qu'elle se niche contre la laine de mon gilet, qu'elle sente mon odeur de lavande et de vieux papier, qu'elle redevienne la petite fille qu'elle était au fond. Je l'ai serrée contre moi.

Et là, j'ai senti. Ce n'était pas de la chaleur. Ce n'était pas de l'abandon. C'était de la pierre. Sous la laine de mon gilet, le corps d'Élia s'est raidi. Pas comme une enfant apeurée qui se fige, mais comme quelqu'un qui retient son souffle pour ne pas respirer une odeur insupportable. Elle ne tremblait pas ; elle se contractait. J'ai senti ses mains se lever, non pas pour m'étreindre en retour, mais pour s'interposer. Ses paumes ont poussé contre mes côtes. Une poussée ferme. Clinique.

Je me suis reculée doucement, surprise, blessée.

— Élia ?

Elle a levé les yeux vers moi. Et le temps s'est arrêté. Pendant une fraction de seconde, le masque de la « petite victime » a glissé. Ce que j'ai vu dans ses yeux n'était pas de la détresse. Ce n'était pas de la gratitude. C'était… du dégoût. Un dégoût absolu, nu, chirurgical. Elle me regardait comme on regarde une limace qu'on vient d'écraser par mégarde. Il y avait dans ses pupilles fixes une lucidité terrifiante, une arrogance glacée qui me jugeait. Elle me trouvait ridicule. Elle me trouvait… *trop*.

J'ai lâché ses bras comme si je m'étais brûlée. J'ai reculé, heurtant le coin de la table avec ma hanche.

— Je… pardon, ai-je bafouillé.

Le masque est revenu aussitôt, comme un volet qui claque. Les larmes sont montées, la voix s'est brisée, parfaite :

— Désolée, madame… Je ne peux pas. C'est encore trop dur. Le contact physique… ça me rappelle… lui.

Elle jouait. Je le savais maintenant. La transition avait été trop rapide, trop mécanique. J'avais entrevu l'envers du décor. J'avais vu le mépris.

Je suis retournée à mon bureau, les jambes flageolantes. Je me suis assise. J'ai fermé la porte de mon bocal vitré. D'habitude, dans ces moments-là, je retire mes lunettes. Je prends mon petit carré de microfibre et je frotte. Je frotte frénétiquement pour que le monde redevienne net, pour qu'il corresponde à mon scénario : *« Elle est traumatisée, pauvre petite, c'est l'Ogre qui l'a cassée, il lui faut du temps. »*

Mais aujourd'hui, je n'ai pas frotté. J'ai posé mes lunettes sur le sous-main vert. Et j'ai regardé mes mains. Elles tremblaient. Ce n'était pas la faute d'Élia. J'ai repensé à son regard. Ce dégoût physique. Et soudain, avec une violence qui m'a coupé le souffle, j'ai compris qu'elle avait raison.

Je suis dégoûtante. Pas physiquement. Moralement. Depuis le début… qu'est-ce que je fais, exactement ? Je dis que je la sauve. Je dis que je la protège. Je dis que je suis son « filet ». Mais est-ce que je l'ai écoutée, une seule fois ? Vraiment écoutée ? Ou est-ce que je me suis écoutée moi, en train de lui parler ?

J'ai revu mes gestes des dernières semaines. Mes mains sur ses épaules à chaque occasion. Mes « ma chérie » qui dégoulinent. Mes intrusions à la récréation quand elle voulait être seule. Mes questions incessantes sur ses nuits, sur ses peurs, sur les détails sordides de l'agression. J'ai cru que c'était de l'amour maternel. Mon Dieu. C'était du vampirisme.

Je me suis nourrie d'elle. J'ai bu son drame comme un vin capiteux pour oublier que ma propre vie est un désert. J'ai utilisé son viol pour me donner un rôle, une importance, une épaisseur. Sans son malheur, je ne suis personne. Juste une documentaliste de quarante et un ans qui range des livres que personne ne lit et qui rentre le soir manger des plats surgelés dans un appartement silencieux en attendant qu'un homme la regarde.

J'ai eu envie de vomir. La honte m'a submergée. Une honte chaude, liquide. Bien sûr, Vasseur est un monstre. Il l'a violée. Il l'a brisée dans le froid de la réserve avec une brutalité animale. C'est un criminel, et je ne reviendrai jamais là-dessus. Mais je réalise avec horreur que je ne vaux pas mieux que lui. Nous sommes les deux mâchoires du même piège. Lui, il a pris son corps par la force. Moi, j'ai essayé de prendre son âme par la ruse. Je suis cette femme poisseuse qui force l'intimité, qui impose sa « bonté » comme une camisole de force. Je l'étouffe. Je l'ai envahie. J'ai projeté sur cette gamine mes fantasmes de grande tragédie littéraire parce que je trouvais le réel trop fade. Il l'a détruite en la cassant. Moi, je la détruis en l'empêchant de se réparer.

J'ai voulu faire d'elle une héroïne de roman pour devenir, par ricochet, une héroïne moi aussi. Je ne l'ai pas sauvée. Je l'ai séquestrée dans mon scénario. J'ai regardé à travers la vitre de mon bureau. La chaise d'Élia était vide. Elle était partie. J'ai pensé : *Pardon.* Pas un pardon de théâtre. Un vrai pardon, petit et sale. Pardon de t'avoir utilisée. Pardon d'avoir secrètement voulu que tu sois brisée pour que je puisse avoir la gloire de te recoller.

J'ai posé mon front dans mes mains. Je n'ai pas pleuré. Les larmes, c'est pour les spectateurs, et le spectacle est fini. Il ne restait que le silence du CDI, le bourdonnement du néon, et la certitude terrible que j'avais tout faux. J'ai voulu être sa sauveuse. Je n'ai été que sa geôlière toxique. Et le pire, dans cette histoire, c'est que je ne sais même pas comment arrêter. Je suis accro à elle. Je suis accro à l'idée qu'elle a besoin de moi. Si je la laisse partir… qu'est-ce qu'il me reste ? Juste moi. Et je ne suis pas sûre de supporter ma propre compagnie.

CHAPITRE 35

Je n'ai pas pu rester dans mon bocal. L'air y était devenu irrespirable, saturé par mes propres mensonges. J'ai quitté le CDI sans fermer à clé, laissant les livres à leur sort. De toute façon, qui viendrait voler des mots ici ?

J'erre dans les couloirs. Je rase les murs. Je suis devenue une ombre, une tache grise sur le crépi beige. Les élèves passent à travers moi. Je ne suis plus la « Dame du CDI », cette figure d'autorité bienveillante que je croyais être. Je suis une silhouette floue, une erreur de casting qui attend la fin du film.

Mes pas m'ont conduite vers le bas. Vers les entrailles. Je suis descendue au sous-sol, attirée par le silence industriel de la zone de maintenance. Ici, il n'y a pas de faux-semblants. Juste des tuyaux, du béton brut et le ronronnement sourd de la chaufferie. C'est le monde d'Antoine. Le monde du réel.

La porte de sa loge est ouverte. Une lumière jaune, crue, découpe un rectangle sur le sol sombre du couloir, m'éblouissant presque. Le reste du sous-sol est noyé dans une obscurité d'encre. Je me suis arrêtée dans la pénombre, dissimulée derrière un pilier de béton, mes yeux rivés sur ce carré de lumière, incapables de percer les ténèbres autour

Pourquoi je suis là ? Je ne sais pas. Peut-être parce que je cherche la seule personne qui, dans ce lycée, ne porte pas de masque. Ou peut-être parce que je cherche une punition.

Antoine est là. Il est assis sur son tabouret haut, face à son établi. Il est en pause. Il mange un sandwich triangle avec une lenteur douce. Il a l'air fatigué. Son dos, d'habitude si large, semble voûté sous un poids invisible. Il essuie ses mains sur son bleu de travail. Il repousse son repas. Il tend la main vers le fond de l'établi. Il attrape un livre. *Les Misérables.*

Mon cœur se serre. C'est moi qui lui ai conseillé cette édition. C'est moi qui lui ai dit, il y a quelques jours, avec mon ton professoral insupportable : *« Lisez Hugo, Antoine. Ça aide à comprendre le deuil. »* Quelle arrogance. Qu'est-ce que je connais au deuil, moi qui n'ai perdu que mes illusions ? Lui, il vit avec un fantôme depuis son adolescence.

Il tourne une page. Quelque chose tombe. Une forme blanche, pliée. Une cocotte en papier. Le bruit léger du papier touchant l'établi résonne comme un coup de feu dans le silence du sous-sol.

Antoine fronce les sourcils. Il pose le livre. Il prend l'objet. Il le tourne entre ses doigts épais. C'est un jeu d'enfant. Un origami scolaire. Je retiens mon souffle. Je reconnais la patte d'Élia. Je ne sais pas ce que c'est, mais je sais que c'est elle. Elle est passée par là. Elle a laissé une trace.

Antoine déplie le papier. Il le lisse à plat sur le bois marqué de coups de cutter de son établi. Il se penche. Il lit. Je m'attends à une réaction. Je m'attends à ce qu'il froisse le papier, qu'il le jette, qu'il se lève brusquement. Élia est une manipulatrice, je le sais maintenant. Elle a dû écrire quelque chose de cruel, de violent. Peut-être une moquerie. Peut-être une accusation.

Mais Antoine ne bouge pas. Il reste figé, les yeux rivés sur les mots. Et ce que je vois sur son visage me glace le sang. Ce n'est pas de la colère. Ce n'est pas de l'indignation. C'est une tristesse infinie. Une tristesse lourde, accablée, qui creuse ses traits et affaisse ses épaules.

Il relève la tête. Il regarde le mur de parpaings en face de lui, mais il ne le voit pas. Il voit autre chose. Il passe sa main sur son visage, lentement, comme pour effacer une image pénible. Il reprend le papier. Il ne le déchire pas. Il le plie, avec une précaution qui me fait mal à voir. Il le glisse dans la poche de sa chemise, contre son cœur, comme on range une lettre de condoléances.

Il soupire. Un soupir qui fait trembler sa poitrine massive.

— Pauvre femme… murmure-t-il.

Je me fige derrière mon pilier. *Pauvre femme.* Il ne parle pas d'Élia. Il parle de moi. Je le sais. Je le sens dans mes os.

Le message d'Élia parlait de moi. Je ne sais pas ce qu'elle a écrit, mais je comprends l'effet produit. Elle a dû me décrire. Elle a dû raconter ma folie, mon obsession, ma « poisse ». Et Antoine… Antoine ne me déteste pas. Il ne s'énerve pas contre mon intrusion ou ma toxicité. Il a pitié.

C'est pire que tout. Si il était en colère, je pourrais me défendre. Je pourrais argumenter. Mais la pitié d'Antoine Sorel, le manœuvre, « l'assassin », c'est le miroir le plus cruel qu'on pouvait me tendre. Il a lu le portrait que la gamine a fait de moi, et il a reconnu la vérité : je suis une femme seule, pathétique, qui s'invente des vies pour ne pas se noyer.

Il a vu ma nudité morale. Et ça le rend triste. Il se lève, éteint la lumière de son établi d'un geste lent. Il reste un moment dans la pénombre, la main sur l'interrupteur, tête basse. Je recule. J'espère qu'il ne m'a pas vue…

CHAPITRE 36

Il a posé les yeux sur moi. Je n'ai pas pu fuir. Mes jambes étaient trop lourdes, plombées par la honte d'avoir été surprise, d'avoir été plainte. Antoine a éteint la lumière de son établi. Il a ouvert la porte en grand. Il est sorti dans le couloir.

Je me suis plaquée contre le pilier en béton, ridicule, comme une espionne d'opérette. Je ne pouvais pas disparaître dans le mur. Je ne pouvais que subir son regard. Il s'est arrêté. Sa silhouette massive a bouché l'horizon du couloir. Il n'a pas sursauté. Il n'a pas froncé les sourcils. Il avait cet air résigné de ceux qui ont l'habitude que les problèmes leur tombent dessus.

— Madame Dubois ?

Sa voix a résonné, grave, amplifiée par le béton nu. Je suis sortie de l'ombre. J'ai essayé de redresser mon dos, de retrouver un semblant de dignité, mais le ressort était cassé. Je n'étais plus la « Dame du CDI ». J'étais une femme tremblante dans un sous-sol.

— Je… je passais. J'ai entendu du bruit.

Un mensonge pathétique. Personne ne passe ici par hasard. Antoine ne m'a pas relevée. Il a avancé vers moi, lentement. Il tenait le papier plié dans sa main large.

— Moi aussi, dit Antoine en regardant brièvement vers le fond du couloir obscur, là d'où je ne venais pas. J'ai cru entendre des pas légers qui s'éloignaient vers les cuisines. Mais c'était sans doute un rat. C'est vous que j'ai vue.

Il m'a tendu le papier. La cocotte.

— Lisez.

J'ai pris le papier. Mes mains tremblaient tellement que j'ai failli le laisser tomber. J'ai déplié l'origami. J'ai reconnu l'écriture tremblée, fragile, celle qu'Élia utilisait pour ses lettres. J'ai lu : *« Elle est tout le temps là. Elle me suit. Elle croit que je ne la vois pas, mais je sens son regard sur ma nuque… Elle touche mes affaires… Elle veut tout savoir, tout voir. Elle m'étouffe. »*

Le sol s'est dérobé sous mes pieds. C'était moi. Elle parlait de moi. J'ai relevé la tête, paniquée. J'ai vu le regard d'Antoine. Il ne me jugeait pas, il attendait.

— C'est faux ! ai-je crié. C'est… c'est une déformation !

Antoine a croisé les bras, impassible.

— C'est faux ? Vous ne la suivez pas ?

— Si ! Mais pas comme ça ! Pas pour lui faire du mal !

Je me suis mise à parler vite, trop vite, trébuchant sur les mots, m'enfonçant à chaque phrase.

— Je la surveille, oui. Je suis tout le temps là, oui. Mais c'est pour la protéger ! C'est parce qu'elle est en danger ! Je touche ses affaires pour… pour vérifier qu'elle va bien !

Je me suis arrêtée, horrifiée. Je venais d'avouer. Je venais de confirmer chaque ligne de l'accusation. Oui, je la suivais. Oui, je l'étouffais.

— Vous ne comprenez pas, Antoine ! ai-je pleuré, acculée contre le mur froid. Elle a tout manigancé ! C'est elle qui voulait que je sois là ! Elle m'a fait croire qu'elle avait besoin de moi ! Elle m'a manipulée !

Je tendais le papier vers lui comme une preuve, mais je savais que ça ressemblait à l'excuse d'une folle. Antoine a repris la feuille de mes mains. Il l'a regardée une nouvelle fois, plissant les yeux sous la lumière crue du néon. Il a passé son pouce sur l'encre, pensif.

— Elle m'a fait lire des horreurs sur Vasseur pour que je devienne sa complice ! ai-je continué, au bord de l'hystérie. Et maintenant… maintenant elle écrit ça pour que vous me détestiez ! Elle retourne tout contre moi !

Antoine a levé la main pour m'interrompre.

— Calmez-vous, Madame Dubois.

Il a tapoté la feuille du bout de l'index, fixant les mots avec une attention étrange.

— Je connais cette écriture, a-t-il murmuré.

Je me suis figée, ravalant un sanglot.

— Quoi ?

— Je répare souvent les casiers, les tables… Je tombe sur des papiers, des mots d'excuse, des devoirs oubliés. J'ai déjà vu l'écriture d'Élia Mercier.

Il a relevé les yeux vers moi, et son regard était d'une lucidité terrifiante.

— Ce n'est pas l'écriture d'Élia.

Il a montré les lettres tremblotantes, fragiles, sur le papier. Je l'ai regardé, bouche bée. Il avait vu. Là où je ne voyais que ma propre culpabilité, lui avait vu la mise en scène.

Je suffoquais. Je me sentais prise au piège, mais d'une manière différente. J'étais la harceleuse, oui, mais j'étais aussi le jouet.

— Je suis perdue, Antoine… Je ne sais plus ce qui est vrai. Je voulais juste être quelqu'un de bien. Et regardez-moi… je suis devenue un monstre.

J'ai glissé le long du pilier. Je me suis accroupie, cachant mon visage dans mes mains pour ne pas voir son dégoût. J'attendais qu'il me chasse. Qu'il me dise de dégager.

Mais il n'a rien dit. J'ai senti une main se poser sur mon épaule. Une main lourde, chaude, immobile.

— Respirez, Madame Dubois.

Sa voix était calme. D'un calme absolu, géologique.

— Respirez. On ne va nulle part.

J'ai levé les yeux, à travers mes larmes. Antoine s'était accroupi face à moi. Il ne me regardait pas comme une criminelle. Il me regardait comme on regarde une machine qui s'est emballée et qui fume.

— Je ne vous juge pas, a-t-il dit doucement. Je sais ce que c'est de vouloir bien faire et de tout casser.

Il a plié le papier calmement, le rangeant dans sa poche comme une pièce à conviction.

— Vous vous êtes fait avoir. C'est ça qui s'est passé. Elle vous a monté la tête, et elle a contrefait sa voix pour que ça marche mieux.

— Mais j'ai fait des choses… j'ai été intrusive… j'ai…

— Chut.

Il a fait un geste apaisant.

— Vous êtes paumée. Ça arrive. Mais vous n'êtes pas méchante. Si vous étiez méchante, vous ne seriez pas là, en train de pleurer dans un sous-sol parce qu'une gamine vous a piégée avec une fausse écriture.

Il s'est assis par terre, le dos contre le mur, à côté de moi. Il a allongé ses jambes dans son bleu de travail.

— Racontez-moi, a-t-il dit simplement. Depuis le début. Vasseur. Le carnet. Tout. Je n'ai rien d'autre à faire.

Je l'ai regardé. Il était là, solide, tranquille. Il m'offrait un espace neutre. Un espace sans jugement. Pour la première fois depuis des mois, j'ai senti la pression retomber. Je n'avais plus besoin de jouer à l'héroïne. J'avais juste le droit d'être une femme perdue. J'ai pris une grande inspiration, tremblante. Et j'ai commencé à parler.

CHAPITRE 37

J'ai parlé. J'ai vidé mon sac. J'ai raconté les semaines passées, les lettres trouvées dans les livres, la traque, ma certitude d'être l'élue, ma croisade contre l'Ogre. J'ai raconté comment j'avais cru sauver une enfant brisée par un tyran froid et calculateur. J'ai parlé vite, haché, sautant les détails que je trouvais trop humiliants pour ne garder que la mécanique du piège.

Quand je me suis tue, le silence est retombé dans le couloir de béton. Un silence lourd, poisseux. Antoine n'a pas bougé. Il a écouté jusqu'au bout, les yeux rivés sur ses chaussures de sécurité. Puis, il a relevé la tête. Il avait l'air incrédule.

— Un tyran ? a-t-il répété doucement. Vous avez cru que Philippe… que Vasseur était un tyran ?

Il a eu un petit rire triste, sans joie, qui a résonné bizarrement contre les murs.

— Madame Dubois… on ne parle pas du même homme.

— Il est rigide ! ai-je protesté, cherchant à me justifier. Il est froid ! Il terrorise les élèves !

Antoine a secoué la tête.

— Il est rigide parce qu'il a peur que tout s'écroule s'il bouge un cil. Mais à l'époque… mon Dieu. Il a passé une main sur son visage, comme pour effacer une vieille image gênante.

— Ce n'était pas un bourreau. C'était la victime la plus pathétique que ce lycée n'ait jamais portée.

Je me suis figée.

— Comment ça ?

— Il pleurait, a dit Antoine. Tout le temps. Pour un rien. On ne pouvait même pas l'engueuler, il fondait en larmes. Il devenait tout rouge, il bégayait… Antoine a mimé le geste, une main tremblante devant sa bouche.

— C'était gênant. Vraiment gênant. Il bégayait tellement qu'on ne comprenait pas un mot de ce qu'il disait. Il postillonnait, il s'étouffait… C'était tellement pitoyable que même les plus cons finissaient par arrêter de le taper.

Il a soupiré, le regard perdu dans le passé.

— On ne le frappait pas, Madame. On le laissait tranquille parce que c'était… dégoûtant de s'en prendre à un truc aussi mou. On a fini par l'oublier. Il était devenu invisible. Il rasait les murs, il sursautait dès qu'on levait la main… C'était une ombre qui s'excusait d'exister.

J'ai écouté cette description. L'homme qui bégaye. L'homme qui pleure. L'homme invisible qui rase les murs.

Un vertige absolu m'a saisie. J'ai fouillé dans ma poche. J'ai sorti mon téléphone. J'avais pris en photo la lettre d'accusation avant de la donner au Proviseur. J'ai ouvert l'image. J'ai zoomé sur l'écriture nerveuse.

« Je n'ai pas répondu. Ma voix était restée accrochée à ma glotte… » « Je n'ai pas crié… Je suis devenue cet insecte… » « T'es qu'une merde, en fait. »

J'ai relu le texte. Mais cette fois, je ne l'ai pas lu avec la voix d'Élia. Je l'ai lu avec la description qu'Antoine venait de me faire. La sidération. Le silence forcé. La sensation d'être « une merde », une chose molle qu'on écrase. Ce n'était pas le récit d'une jeune fille d'aujourd'hui face à un prof autoritaire. C'était le monologue intérieur de ce garçon pathétique d'il y a quinze ans.

Élia n'avait pas écrit ce texte. Elle l'avait recopié. Elle avait dû trouver un journal intime, un vieux cahier où Philippe racontait son calvaire, ses humiliations.

— Elle a volé sa voix, ai-je soufflé, la nausée me montant aux lèvres. J'ai compris l'ampleur du crime. Élia n'avait pas seulement accusé un innocent. Elle avait pris la douleur la plus intime de Vasseur, sa honte d'avoir été cette « victime pathétique », et elle l'avait retournée contre lui.

C'est pour ça qu'il ne s'est pas défendu dans le bureau. C'est pour ça qu'il s'est effondré. Il n'a pas entendu une accusation. Il a entendu son propre journal lui être hurlé au visage. Il a revécu l'instant exact où il a cessé d'être un homme.

Et c'est moi qui tenais le couteau. C'est moi qui ai lu ses propres mots pour l'achever.

Je me suis laissée glisser au sol. Le béton froid a mordu mes jambes. Je n'étais plus seulement une femme ridicule. J'étais une complice de torture.

— Je l'ai tué, Antoine, ai-je murmuré, les larmes coulant enfin, brûlantes. Je l'ai tué avec sa propre histoire.

Antoine ne m'a pas contredite. Il ne savait pas pour la Serre, il ne savait pas pour le viol, mais il voyait mon horreur. Il a juste posé sa main sur mon bras, une ancre lourde dans la tempête.

— Non. C'est elle qui a tiré. Vous, vous n'étiez que l'arme.

Il a levé les yeux vers le plafond, vers les étages où Élia régnait désormais en victime intouchable.

— Mais maintenant, on sait. Et ne va pas rester les bras croisés.

CHAPITRE 38

J'ai essayé de l'appeler. J'ai composé le numéro interne de la salle 104, par réflexe, avant de me souvenir qu'elle était vide. J'ai cherché son numéro personnel dans l'annuaire, mais Philippe Vasseur est un homme qui n'existe pas dans les pages jaunes.

Il fallait que je lui parle. Il fallait que je lui dise : *« Je sais. Je me suis trompée. Pardon. »* Les mots brûlaient ma langue. Si je ne les sortais pas, ils allaient m'empoisonner.

Je suis remontée au rez-de-chaussée, talonnée par Antoine. Il ne disait rien, mais sa présence massive dans mon dos était la seule chose qui m'empêchait de m'effondrer. Je me suis dirigée vers le secrétariat. Madame Harel était là, trônant derrière son guichet vitré, gardienne des dossiers et des secrets administratifs. Elle tapait sur son clavier avec un air affairé.

— Madame Dubois ? Je peux faire quelque chose pour vous ?

Son ton était froid. Elle savait. Tout le lycée savait que j'avais provoqué le départ de Vasseur. Pour elle, j'étais celle qui avait fait des vagues.

— J'ai besoin de l'adresse de Monsieur Vasseur, ai-je dit d'une voix que je voulais ferme, mais qui tremblait. Elle a levé un sourcil, ajustant ses lunettes.

— C'est confidentiel, Marianne. Vous le savez très bien. Et vu les circonstances… je ne pense pas qu'il ait envie de vous voir.

— C'est une urgence. Une question de… de dossier scolaire.

— Le dossier est clos. Monsieur Vasseur n'est plus en fonction.

Elle a tourné la tête vers son écran, signifiant la fin de la conversation. Le mur administratif. J'ai senti une bouffée de chaleur. Je n'avais plus le temps pour les protocoles. Je n'étais plus une employée modèle. J'étais une femme qui avait du sang sur les mains. J'ai contourné le guichet. J'ai poussé le portillon.

— Hé ! Qu'est-ce que vous faites ? s'est indignée Harel. Je l'ai ignorée. J'ai foncé vers le grand classeur métallique du personnel. *Tiroir V.* Harel s'est levée, outrée.

— Sortez d'ici tout de suite ou j'appelle le Proviseur !

Antoine s'est interposé. Il ne l'a pas touchée. Il s'est juste planté devant elle, bloquant le passage de sa carrure de déménageur.

— Laissez-la, Françoise, a-t-il dit doucement. C'est important.

Harel s'est figée, intimidée par la masse bleue qui lui barrait la route. Elle a balbutié quelque chose, mais je ne l'écoutais plus. Mes doigts couraient sur les dossiers du personnel. *Valentin… Varin… Vasseur.* J'ai arraché la fiche cartonnée. *12, rue des Lilas. Résidence Les Hespérides.*

J'ai serré le papier contre moi. J'ai croisé le regard d'Antoine. Il a hoché la tête. On est sortis sous les cris indignés de la secrétaire. On s'en fichait. On avait une adresse. On avait une destination.

Il pleut. Une pluie froide, cinglante, qui transforme Montreval en une estampe grise et triste. Nous marchons vite. Antoine a ouvert un grand parapluie noir, mais il ne sert à rien. L'eau vient de partout, du ciel, du sol, des façades qui suintent. La rue des Lilas est un quartier résidentiel sans âme, un alignement de petits pavillons récents, tous identiques, posés là comme des boîtes à chaussures. Le numéro 12 est au bout de l'impasse.

La maison de Vasseur ressemble à son bureau : propre, clinique, fermée. Les volets sont clos, tous, sans exception. Le portail est verrouillé. Il n'y a pas de voiture dans l'allée. L'herbe de la pelouse est coupée rase, militaire. C'est une maison qui ne vit pas. C'est une forteresse vide.

J'ai sonné. Une fois. Deux fois. Le carillon a retenti à l'intérieur, un son étouffé, lointain. Personne. J'ai frappé au volet de ce qui devait être le salon. Le PVC a résonné creux.

— Philippe ? ai-je appelé. Philippe, c'est moi ! Ouvrez, je vous en supplie !

Ma voix s'est brisée sous la pluie. Je me sentais ridicule. Ridicule et désespérée. Je m'imaginais le trouver derrière la porte, prostré, peut-être pire… L'image de Lise, décédée en 2007. Et si j'arrivais trop tard, moi aussi ? Antoine a posé une main sur mon épaule trempée.

— Il n'est pas là, Marianne. Ça sonne vide.

J'ai frappé encore, du poing cette fois, me faisant mal aux jointures.

— Philippe ! Je sais que je vous ai fait du mal ! Je veux réparer !

— Ça ne sert à rien de hurler, vous savez.

La voix venait de derrière nous. Une femme se tenait sur le seuil de la maison voisine, abritée sous un auvent. Elle portait une robe de chambre et tenait un chien dans ses bras. Elle nous regardait avec méfiance.

— Vous cherchez Monsieur Vasseur ?

— Oui ! ai-je lancé, me précipitant vers la grille de séparation. Est-ce qu'il est là ? Est-ce qu'il va bien ?

La voisine a caressé son chien, pensive.

— « Bien », je ne sais pas. Mais « là », non. Il ne rentre plus.

Mon cœur a raté un battement.

— Comment ça ?

— Depuis deux jours. Les volets sont fermés. Il part le matin, très tôt, ou il ne rentre pas du tout. Je l'ai vu hier soir, il est repassé prendre des affaires. Il avait l'air…

Elle a cherché le mot, grimaçant.

— … éteint. Comme un somnambule.

— Vous savez où il est ? a demandé Antoine de sa voix grave.

La femme a hésité, puis a pointé le menton vers le bas de la ville, vers la vallée encaissée où la rivière coulait, sombre et boueuse.

— Il est au fond. Au Café du Pont. Mon mari l'a vu hier soir. Il paraît qu'il y passe ses nuits. Elle a baissé la voix, comme pour confier un secret honteux.

— Il boit, Madame. Lui qui ne touchait jamais une goutte d'alcool… Il boit à en tomber. Il paraît qu'il regarde le mur et qu'il ne parle à personne.

J'ai échangé un regard terrifié avec Antoine. Vasseur, le rigide, le maniaque du contrôle, en train de se noyer dans l'alcool bon marché d'un rade de quartier. Ce n'était pas une déchéance. C'était un suicide lent. Il ne cherchait pas l'ivresse. Il cherchait l'anesthésie. Il cherchait à éteindre « l'insecte dans le néon ».

— Merci, a dit Antoine.

Il m'a pris par le bras.

— Viens. On y va.

J'ai suivi le mouvement, mécanique. La pluie redoublait, lavant le monde de ses couleurs, ne laissant que le gris du béton et le noir de ma culpabilité. Nous avons pris la direction du bas de la ville. Vers le fond. Vers l'endroit où les épaves s'échouent.

ACTE 5
— LA RÉSONNANCE —
CHAPITRE 39

Le silence n'est pas vide. Il est plein. Il bourdonne. Comme un néon. Comme une mouche. *Bzzzz.*

Je ne sors plus. Les volets sont fermés. Le jour ne rentre pas. Je ne veux pas qu'il rentre. La lumière, c'est pour les gens qui ont une peau. Moi, on m'a épluché.

Je passe devant le miroir du couloir. Je m'arrête. Je regarde. Ce n'est pas moi. C'est un type sale. Une barbe grise, piquante, qui mange les joues. Des yeux rouges. Pas de cravate. Mon cou est nu. C'est obscène, un cou nu. C'est fragile. On voit la pomme d'Adam qui bouge quand j'avale ma salive. On voit les veines. N'importe qui peut serrer. Je touche ma peau. C'est gras. Je ne me lave plus ? Si. Peut-être. Je ne sais plus. L'eau me fait peur. L'eau, c'est le froid. Le carrelage.

Un bruit. *Crac.* Je sursaute. Mon cœur cogne. *Boum. Boum.* Je me plaque contre le mur. Je ne respire plus. C'est quoi ? Ils sont là ? Ils reviennent ? Marianne ? Élia ? Non. C'est le parquet. Juste le bois qui travaille. La maison craque. Elle se tord. Elle a mal, comme moi.

Je vais à la cuisine. J'ai soif. Toujours soif. Ma bouche est sèche, pâteuse. Le goût de la cendre. Je prends un verre. Un verre à moutarde. Pas du cristal. Le cristal, c'est fini. Je le remplis. L'eau coule. Le bruit de l'eau. *Shhh.* Ça me rappelle la pluie. La pluie sur la vitre du bureau de Delorme. La pluie sur la façade quand je suis parti.

Ma main tremble. Je regarde mes doigts. Ils vibrent. Le verre m'échappe. Il glisse. La gravité gagne. Toujours. *Crash.*

Le bruit est énorme. Une explosion. Des éclats partout sur le carrelage blanc. Des poignards de verre. De l'eau qui s'étale, flaque grise. Je regarde. Avant, j'aurais couru. J'aurais pris le balai. La pelle. L'éponge. J'aurais effacé. J'aurais rendu le monde net. *Propre. Lisse.* L'ordre, c'était ma vie. Si c'est rangé, ça tient.

Je regarde les débris. Je ne bouge pas. Je ne vais pas chercher le balai. À quoi bon ? Je suis cassé. Le verre est cassé. On est pareils. Pourquoi ramasser ? Pourquoi faire semblant que tout est entier ?

Je fais un pas. Je ne contourne pas la flaque. Je marche dedans. *Cric.* La sensation du verre sous ma chaussette. Ça perce un peu le tissu. Je sens une piqûre sous le talon. Une douleur vive. C'est bien. La douleur, c'est le réel. Je laisse le verre par terre. Je laisse l'eau. Je laisse le chaos entrer. Il est chez lui, maintenant.

Je retourne au salon. Je m'assois par terre. Pas sur le fauteuil. Par terre. Contre le mur. Comme dans la serre. Je ferme les yeux. L'insecte est là. Sous mes paupières. Il attend. Je ne suis plus le Gardien. Je ne suis plus rien. Juste une tache dans le noir.

CHAPITRE 40

Ploc. Une seconde. *Ploc.*

Le robinet de la cuisine. Je l'ai fermé. J'ai serré. Fort. Jusqu'à me faire mal aux doigts. Mais ça continue. *Ploc.*

Ce n'est pas une goutte d'eau. C'est un coup de marteau sur mon crâne. Régulier. Sadique. Ça tape juste derrière l'œil. Je me lève. Je fonce vers l'évier. Je serre encore. Le métal grince. Ça résiste. *Ploc.*

Ça fuit. Ça fuit toujours. Comme moi. Une chaleur noire monte dans mon ventre. Une vague. Elle ne prévient pas. Elle m'envahit. C'est de la lave. Je hurle. Un cri rauque, animal. Pas des mots. Juste du bruit pour couvrir l'eau. Je tape. Je frappe le robinet du poing. Une fois. Deux fois. La douleur remonte dans mon bras. Je m'en fous. Je veux que ça s'arrête. Je veux que l'ordre revienne. Je prends une casserole. Je tape sur le col de cygne. Le métal se tord. L'émail saute. L'eau gicle. Un jet froid m'asperge le visage.

Je m'arrête. Je suis trempé. Je respire comme un bœuf. Le robinet est tordu. Il ne goutte plus. Il pisse de l'eau partout. Le chaos a gagné. J'ai voulu réparer, j'ai tout cassé. C'est l'histoire de ma vie.

Je recule. Je glisse sur le carrelage mouillé. Je tombe à genoux. Le silence revient, sous le bruit de l'eau qui coule.

Ce silence-là est pire. Il me juge. Il me regarde, prostré dans ma cuisine inondée, un homme de trente-trois ans qui a perdu la guerre contre un joint en caoutchouc.

Je ne peux pas rester ici. Les murs se rapprochent. La maison m'étouffe. Elle sent le renfermé et la folie. Je dois sortir. Je me lève. Je ne change pas de chemise. Elle est mouillée ? Tant pis. Je ne prends pas de manteau. Je sors.

L'air froid me gifle. C'est bon. Ça réveille. Je marche dans la rue. Vite. Trop vite. Je parle tout seul ? Peut-être. Je vois les gens s'écarter. Une femme serre son sac contre elle en me croisant. Ils voient quoi ? Un fou ? Un clochard ? Ils ne voient pas le Professeur Vasseur. Le Professeur est mort dans le bureau de Delorme.

Où aller ? Je cherche un endroit solide. Un endroit où les choses marchent. Où les mécanismes tournent rond. Une idée traverse le brouillard. Une lumière. Jean. Jean Morlaix. Le père. Pas le mien. Le mien est une absence. Le père de Lise. Il sait réparer. Il remet les axes droits. Il change les pièces défectueuses. Il m'a dit : *« On remplace. »* J'ai besoin qu'il me le redise. J'ai besoin qu'il me dise quoi faire avec moi-même. Je suis la pièce cassée. Je veux qu'il me dise comment on me jette.

Je cours presque. Rue des Orfèvres. Je vois la boutique. La vitrine est allumée. Une lumière jaune, chaude, au milieu du gris. C'est un phare. Je m'arrête devant la vitre. Je pose mes mains sales sur le verre. Je le vois à l'intérieur. Il est courbé sur son établi. Il est calme. Il est tout ce que je ne suis plus. Je pousse la porte. Le carillon tinte. *Dling.* Un son clair. Ordonné. Jean lève la tête. Il me voit. Il ne sourit pas cette fois. Il pose ses outils. Il se lève lentement. Il a vu le naufrage.

CHAPITRE 41

J'entre. Je ne dis pas bonjour. Je ne peux pas. Ma gorge est un nœud de barbelés. Je suis trempé. Je goutte sur le plancher. *Ploc. Ploc.* L'odeur. Cire. Tabac. Temps arrêté. C'est trop calme. Ça hurle de calme ici.

Jean me regarde. Il a ses yeux tristes. Des yeux de chien qui a tout vu. Il pose sa pince. Il contourne le comptoir. Il vient vers moi. Il a peur ? Non. Il a pitié. Je hais la pitié. La pitié, c'est de la glu. Ça colle. Ça vous dit que vous êtes faible.

— Philippe… Mon garçon. Tu trembles.

Il tend la main. Il veut me toucher. Je recule. Je heurte une horloge comtoise. Le balancier proteste. *Gong.*

— Ne me touche pas. Je suis sale.

— Mais non. T'es juste perdu. Viens t'asseoir.

Il me pousse vers une chaise. Je me laisse faire. Je suis une poupée de chiffon. Il me parle. Sa voix est basse, ronde. Il me parle de Lise. Il dit qu'elle m'aimait bien. Qu'elle disait que j'étais « du cristal ». Encore ce mot. Cristal. Ça veut dire fragile. Ça veut dire *cassable.* Il croit me rassurer ? Il me confirme que je suis né pour être brisé.

— Elle disait que tu prenais tout trop à cœur, Philippe. Que tu voulais que le monde soit une ligne droite. Mais la vie, ce n'est pas droit. C'est des courbes. C'est du bordel.

Je secoue la tête.

— Non. L'ordre. Il faut de l'ordre. Sinon on meurt.

— On meurt tous, Philippe. La question, c'est comment on vit avant.

Il retourne à son établi. Il prend une pièce minuscule. Un ressort tordu. Il me le montre.

— Regarde ça. C'est le cœur d'une montre gousset de 1910. Il est mort. Fatigué. Il le jette dans une petite poubelle en métal. *Cling.*

— Quand une pièce est cassée, vraiment cassée… ça ne sert à rien de s'acharner. On ne répare pas l'impossible. Il me fixe. Son regard brille.

— Parfois, il faut savoir remplacer. Il faut avoir le courage d'enlever ce qui ne marche plus, de jeter le vieux mécanisme, et de mettre du neuf. C'est la seule façon de faire repartir l'heure.

Remplacer. Le mot explose dans mon crâne. Il me dit de remplacer quoi ? Ma vie ? Ou il me dit de *les* remplacer ? Ceux qui cassent tout ? Les nuisibles ? L'insecte. Élia. Marianne. Eux, les pièces défectueuses qui ont grippé ma machine parfaite. Si je les enlève… si je les jette… est-ce que je remarche ? Est-ce que le tic-tac reprend ? C'est ça qu'il me dit. Il me dit de faire le ménage. De purger. C'est un conseil de guerre.

Une rage chaude monte en moi. Une vapeur rouge.

— Remplacer… dis-je. Comme lui ?

— Qui ?

— Sorel. Antoine.

Jean se fige. Il essuie ses mains.

— Antoine ? Qu'est-ce qu'il vient faire là ?

— Tu l'as remplacé, lui ? Tu as remplacé la haine par quoi ? Par de l'eau tiède ? Je me lève. La chaise tombe.

— Comment tu peux ? Comment tu peux le laisser vivre ? Il a tué ta fille ! Il a cassé le ressort ! Et toi, tu le laisses respirer ! Tu lui as pardonné ?

Jean me regarde. Il n'a pas peur de ma colère. Il est solide comme un vieux chêne.

— Je n'ai rien pardonné, Philippe. On ne pardonne pas la mort d'un enfant.

— Alors pourquoi ? Pourquoi il est là ? Pourquoi il traîne dans tes pattes ?

— Parce que je fais avec sa présence, il vient lire sur un tabouret, ici ou ailleurs…

Il fait avec. L'expression la plus obscène que j'ai jamais entendue. On ne fait pas *avec* le chaos. On le détruit. Ou on est détruit par lui.

— Il vient ici, continue Jean, calmement. Il s'assoit là, sur ce tabouret. Il lit. Il ne parle pas. Je travaille. On partage le silence.

— Il vient ici ? Dans le sanctuaire ?

— Oui. Il cherche la paix, lui aussi. On n'est pas amis. On est juste deux survivants qui essaient de ne pas couler.

C'est insupportable. L'assassin et le père. Assis ensemble. À lire des livres et réparer des mécanismes. C'est du désordre pur. C'est une insulte à la logique. Une insulte à la justice. Si même la victime tolère le bourreau, alors il n'y a plus de règles. Plus de murs. Tout est liquide. Tout est pourri.

Je hurle. Un cri sans mots. Un cri de bête. Je tends les bras. Je pousse. L'établi bascule. *FRACAS.* Les outils, les ressorts, les montres, les loupes. Tout vole. Une pluie de métal et de verre. Le sol se couvre de débris. C'est beau. C'est enfin à l'image de ce que je suis.

Jean n'a pas bougé. Il me regarde. Il est triste. Juste triste. Je ne supporte pas sa tristesse. C'est un miroir insupportable. Je recule. Je marche sur les cadrans brisés. *Cric. Crac.* Je me retourne. Je fuis.

Je sors dans la nuit, dans la pluie, dans le vide. Il n'y a plus d'abri. Il n'y a plus de père. Je ne peux pas rentrer chez moi. La maison hurle trop fort. Le silence y est trop bruyant. Il me faut du bruit. Du vrai. Et du liquide. Pas de l'eau. L'eau ne suffit plus. Il me faut quelque chose qui brûle. Quelque chose qui décape.

Je regarde vers le bas de la ville. Vers le trou. Là-bas, au bord de la rivière boueuse. Le Café du Pont. C'est sale. C'est bruyant. Ça sent le graillon et l'anis. C'est parfait. Je vais y aller. Je vais m'asseoir. Et je vais boire. Je vais boire jusqu'à ce que l'insecte se noie. Jusqu'à ce que la pièce cassée arrête de grincer. Jusqu'au noir.

CHAPITRE 42

Le Café du Pont. L'enseigne clignote. Rouge. Noir. Rouge. Noir. Comme une alarme qui n'arrive pas à sonner. Je pousse la porte. L'odeur me frappe. Graillon. Tabac froid. Javel. Humanité rance. C'est magnifique. C'est sale. C'est exactement ce qu'il me faut.

Je m'écroule sur une chaise en formica. Ça colle. La table colle. Mes bras collent. Tout est lié par la crasse. Pas de nappe blanche. Pas d'alignement. La patronne me regarde. Elle a un torchon gris sur l'épaule.

— Qu'est-ce que je vous sers ?

— Un truc qui tue.

Elle ne pose pas de question. Elle sert un verre. Un liquide ambré. Je bois. Ça brûle. Ça décape la gorge. Ça descend dans le ventre comme une coulée de plomb en fusion. C'est bon.

Encore un. Et encore un.

Le monde devient flou. Les contours s'effacent. Je regarde ma main. Elle ne tremble plus. Elle est molle. Je touche mon visage. Ma peau ne tient plus mon crâne. Elle glisse. Je suis en train de fondre. C'était ça, ma peur ? Devenir liquide ? Mais c'est doux, d'être liquide. Ça ne casse pas, le liquide. Ça s'étale. Ça prend la forme du trou dans lequel on est.

Je parle. Je crois que je parle.

— Vous savez… dis-je à mon verre.

La structure, c'est une arnaque. Le type à la table d'à côté se tourne. Il a une casquette. Il me regarde bizarrement.

— Hein ?

— L'architecture ! hurlé-je presque. Les murs porteurs ! C'est du vent ! On croit qu'on tient debout, mais on est juste des sacs de flotte !

Le type se recule. Il prend son verre et change de table. Il a peur. Je fais peur. Moi, Philippe Vasseur, le professeur invisible, je fais peur. Je ris. Un rire mouillé, baveux.

— Revenez ! Je ne suis pas méchant ! Je suis juste… renversé !

Je suis une flaque sur le sol de la Serre. Je suis de l'eau sale. On peut marcher dedans. Ça fait *floc*. Je tape sur la table.

— Patronne ! La même chose ! Je veux me noyer !

La salle tourne. Le néon au plafond fait des cercles. *Bzzzz*. L'insecte est là. Il danse. Il est libre, lui. Moi, je suis coincé dans le bocal, mais le bocal est plein d'alcool. C'est une belle mort. Une mort de conserve..

La porte du café s'ouvre. Un coup de vent froid. De la pluie. Je frissonne. Deux ombres entrent. Elles sont grandes. Sombres. Elles dégoulinent. Elles ne vont pas au bar. Elles ne regardent pas la télé. Elles viennent vers moi.

Je plisse les yeux. La mise au point ne se fait pas. Une femme. Un homme. La femme a des lunettes embuées. L'homme est une montagne bleue. Ils avancent. Ils fendent la fumée. Ils ne sont pas réels. Ce sont des fantômes. Les fantômes de ma honte.

Ils arrivent à ma table. Ils ne demandent pas la permission. Ils tirent deux chaises. Le bruit du fer sur le carrelage me déchire les oreilles. Ils s'assoient. En face de moi. Marianne Dubois. Antoine Sorel.

Ils me fixent. Ils ne sourient pas. Ils ne commandent pas à boire. Ils sont juste là. Lourds. Réels. Deux cauchemars qui viennent de sortir de ma tête pour s'asseoir à ma table. Je veux crier, mais ma bouche est pleine de liquide. Je suis cerné.

CHAPITRE 43

Ils ne bougent pas. Marianne pose ses mains sur la table poisseuse. Ses mains tremblent. C'est contagieux, le tremblement. Antoine est derrière elle, un peu en retrait. Une statue de l'île de Pâques en bleu de travail. Il ne me regarde pas dans les yeux. Il regarde mon verre vide. Il a honte pour moi. Je déteste sa honte.

— Philippe… La voix de Marianne.

Mouillée. Trempée par la pluie et par les larmes.

— Philippe, écoutez-moi.

Je fais non de la tête. Ça tangue. Le décor part à gauche.

— Non. Pas écouter. Pas envie. Partez.

Je fais un geste mou de la main pour chasser les mouches. Pour chasser les fantômes.

— Je ne partirai pas, dit-elle. Pas cette fois. Elle se penche. Elle sent la laine humide et le remords. C'est une odeur écœurante.

— Je sais, Philippe. Je sais tout.

Je ris. Un petit rire qui s'étrangle.

— Vous ne savez rien. Vous êtes une touriste. Vous regardez les livres, mais vous ne savez pas lire.

— J'ai lu, dit-elle. J'ai lu la lettre. Celle qu'Élia a écrite.

Le nom. *Élia.* Je me crispe sur le bord de la table. Mes jointures blanchissent.

— Taisez-vous.

— Elle a volé vos mots, Philippe. Elle a fouillé dans votre passé. Elle a trouvé… ce que vous avez écrit.

Je ferme les yeux. Le monde tourne. Elle sait. Elle sait que les mots sont à moi. Elle sait que la « merde », c'est moi. Que « l'insecte », c'est moi. Je suis nu devant elle. Nu au milieu du Café du Pont. C'est pire que le bureau du Proviseur. C'est une autopsie en public.

— Je me suis trompée, continue-t-elle. Sa voix accélère, fébrile.

Elle veut se laver. Elle veut que je lui dise « C'est pas grave ».

— Je vous ai pris pour le bourreau… mon Dieu, je m'en veux tellement… Je ne voyais pas que c'était vous la victime. Je ne voyais pas que ce qu'elle décrivait… la scène… le froid…

Stop. Une alarme hurle dans ma tête. Elle va le dire. Elle va prononcer les mots. Elle va rendre la chose réelle. Tant que personne ne le dit, ça n'existe pas. C'est juste du cauchemar. C'est juste de l'encre sur un vieux cahier. Si elle le dit avec sa bouche de vivante, ça devient vrai.

— Philippe… ce qu'il vous a fait… quand vous étiez gosse… Elle tend la main vers moi. Elle veut me toucher. Elle veut me « consoler ». Elle veut toucher la plaie infectée avec ses doigts sales de bonté.

Je tape sur la table. *BAM*. Le verre vide saute. Il roule. Il tombe. Il ne casse pas. Dommage.

— TAISEZ-VOUS !

Le cri sort de mes tripes. Il déchire le brouillard de l'alcool. Tout le bar se fige. La patronne arrête d'essuyer ses verres. Le type à la casquette se fige. Marianne sursaute. Elle recule, blanche comme un linge. Antoine bouge. Il pose une main sur l'épaule de Marianne. Pour la protéger ? Ou pour m'empêcher de mordre ?

Je me lève. La chaise racle le sol. Un bruit d'os qu'on brise. Je tangue, mais je tiens debout. La colère me sert de tuteur.

— Ne dites pas ça. Jamais. Je pointe un doigt tremblant vers elle.

— Ça n'existe pas. Vous entendez ? Il ne s'est rien passé !

— Mais Philippe… bredouille-t-elle, les yeux pleins d'eau. Je veux juste… je comprends maintenant… le viol, c'est…

— FERMEZ-LA !

Je hurle. Je postillonne. Je suis redevenu le monstre qu'elle imaginait. Je ne veux pas de son mot. Je ne veux pas de son étiquette. Je ne veux pas être sa « victime ». Je ne veux pas qu'elle me range dans ses cases de bibliothécaire. Je refuse d'être le petit garçon de la Serre. Je suis le Professeur Vasseur. Je suis le Gardien. Je suis l'Ordre !

— Vous n'avez pas le droit ! craché-je. Vous n'avez pas le droit d'entrer là-dedans ! C'est fermé ! C'est verrouillé !

Je tape sur ma poitrine.

— C'est à moi ! Ma saleté, c'est à moi ! Gardez votre pitié pour vos romans !

Elle pleure maintenant. Vraiment. Sans retenue. Elle pleure parce qu'elle comprend qu'elle ne peut pas réparer. Elle comprend qu'on ne recolle pas le verre pilé. Antoine me regarde. Il ne dit rien. Il sait, lui. Il sait qu'on ne parle pas de ça. Il respecte le silence des épaves.

Je ne peux plus les voir. Leur visage me brûle. Je fouille dans ma poche. Je sors une poignée de monnaie. Je la jette sur la table. Les pièces roulent dans la flaque d'alcool. C'est pour le spectacle.

Je me retourne. Je fonce vers la porte. Je bouscule une chaise vide. Je sors.

La nuit m'avale. La pluie est froide. Glaciale. Je marche. Je ne sais pas où je vais. Loin d'eux. Loin de ses mots. Loin de la mémoire. Je suis seul. Enfin seul avec l'insecte.

CHAPITRE 44

Monter. Il faut monter. C'est la seule loi qui reste. Le bas, c'est le trou. C'est la vase. C'est là où vivent les poissons aveugles, les Marianne Dubois, les pitié dégoulinantes. Le bas, c'est l'endroit où on se noie dans sa propre honte.

Je cours. Enfin, j'essaie. Mes jambes sont du plomb. L'alcool est un scaphandre trop lourd qui tire vers le fond. Je trébuche sur une brique qui dépasse du trottoir. Je tombe. La boue. Encore elle. Froide, collante, amoureuse. Elle m'embrasse le visage. Elle rentre dans ma bouche. Elle a le goût de la terre de 2007. Elle veut m'avaler. Elle veut me garder au sol, à ma place, la place de la « chose » qu'on piétine. Non. Je crache. Je rampe. Je griffe la terre avec mes ongles cassés. Je me relève. Je suis un monstre de glaise, mais je suis debout.

Je m'accroche aux grilles, aux murs de soutènement, aux ronces qui déchirent mon pantalon. Je grimpe la côte des Vignes. Vers le sommet de la ville. Vers le crâne de Montreval. Mes poumons brûlent. C'est bien. Le feu purifie. L'eau salit. J'ai besoin de brûler l'alcool, de brûler les mots de Marianne, de brûler la mémoire.

Plus haut. Toujours plus haut. Là-haut, il y a le chantier. Le Belvédère. Je vois la grue qui découpe le ciel noir. Une potence géante qui attend son pendu. Ou une échelle vers Dieu. Je ne sais pas. Je veux aller là-bas. Pourquoi ? Pour respirer ? Pour sortir la tête de la mélasse ? Ou pour apprendre à voler ? L'idée me traverse l'esprit, fulgurante, magnifique. Monter ou sauter. C'est la même chose, au fond. C'est quitter la terre. C'est arrêter d'être lourd. Si je saute, pendant quelques secondes, je serai léger. Je serai parfait.

J'arrive au sommet. Le vent hurle ici. Il n'y a plus de maisons pour le couper. Il est libre. Il me gifle, il me pousse. Il veut jouer avec moi. Les barrières de sécurité sont là. Grillages orange. Panneaux « DANGER DE MORT ». Les interdits… C'est drôle, les interdits. C'est pour les vivants. C'est pour ceux qui ont quelque chose à perdre. Moi, je suis liquide. Je suis déjà mort dans le bureau du Proviseur, dans la Serre. On ne tue pas un cadavre. Je glisse entre deux panneaux de tôle mal fixés. Le métal mord ma chemise. *Crac.* La peau aussi. Je sens un filet chaud sur mes côtes. Je m'en fous. Je suis dedans.

C'est un squelette. Des piliers de béton brut qui montent vers la nuit. Des dalles froides suspendues dans le vide. Des fers à béton qui sortent du sol comme des côtes cassées, tordues, rouillées. J'aime le béton. C'est sec. C'est dur. C'est gris. Ça ne pleure pas, le béton. Ça ne bégaye pas. Ça ne demande pas pardon. Ça tient. Je marche sur une passerelle de planches de coffrage. Ça tangue sous mes pas ivres. À ma gauche, le vide. La ville est en bas. Une flaque de lumières jaunes, ridicules. Les gens dorment là-dedans. Ils dorment dans leur médiocrité. Ils ne savent pas que je suis au-dessus d'eux, roi des ruines.

Soudain. Le bourdonnement. *Bzzzzzz.* Un son électrique. Un son d'insecte géant pris dans une toile. Je m'arrête. Mon cœur cogne contre mes côtes. Je connais ce bruit. Je lève les yeux.

La lumière. Là-bas. Au fond du chantier, sur la dalle la plus haute. Des projecteurs halogènes de sécurité. Puissants. Blancs. Cliniques. Ils percent la pluie. Les gouttes traversent les faisceaux comme des milliers d'aiguilles, comme des éclats de verre en fusion.

Le décor change. Le béton disparaît. Ce n'est plus un chantier. Je reconnais la lumière. Cette lumière crue, sans ombre, qui révèle tous les défauts de la peau. C'est le néon. Les murs invisibles se dressent autour de moi. Je sens l'odeur. Pas l'odeur de la pluie. L'odeur du plastique chauffé à blanc, de la condensation sur les vitres neuves et de la sueur froide.

Je suis piégé. Je ne suis plus un professeur de trente-trois ans. Je suis nu. J'ai dix-sept ans. J'ai froid. Le sol n'est plus du ciment, c'est du carrelage blanc. Glissant. Je l'entends rire. Ils est cachés derrière les projecteurs.

La lumière m'appelle. Elle est hypnotique. C'est elle le centre de la douleur. C'est l'œil du cyclone. Je suis l'insecte. Je suis le papillon de nuit idiot qui revient toujours se brûler. Je dois y aller. Je dois éteindre. Si j'éteins la lumière, ils ne me verront plus. Si j'éteins, la honte disparaît dans le noir. J'avance. Je titube vers les projecteurs. Je ne sens plus la pluie, je sens la condensation qui coule sur les vitres imaginaires. Encore quelques pas. Le bord de la dalle est là. Juste après, c'est la source lumineuse. Et le vide. Il faut casser l'ampoule. Il faut casser le souvenir.

Je tends la main vers l'aveuglement blanc. Je suis au bord. Mes orteils dépassent du béton. Je vais le faire. Je vais éteindre le monde.

— Enfin je te trouve.

La voix. Pas dans ma tête. Pas un souvenir. Une voix réelle. Derrière moi. Une voix claire. Calme. Une voix de verre coupant qui tranche le bruit du vent et le bourdonnement du néon.

Je me fige. Le temps se suspend. L'hallucination vacille mais ne s'éteint pas. Je me retourne, lentement, luttant contre le vertige qui m'aspire vers l'arrière.

Elle est là. À cinq mètres. Debout sur la passerelle. Une silhouette noire se découpe contre le ciel gris. Immobile. Une coupole sombre la protège de la pluie, comme un bouclier, ou un halo noir.

Je plisse les yeux. L'eau ruisselle sur mon visage, brouillant ma vue. Le visage apparaît, éclairé par le reflet des halogènes.

CHAPITRE 45

— Enfin je te trouve.

La voix. Pas dans ma tête. Pas un souvenir. Une voix réelle. Derrière moi. Une voix grave, posée, qui écrase le bruit du vent et le bourdonnement du néon.

Je me fige. Le temps se suspend. L'hallucination de la Serre vacille mais ne s'éteint pas. Je me retourne, lentement, luttant contre le vertige qui m'aspire vers l'arrière.

Il est là. À cinq mètres. Debout sur la passerelle. Une silhouette massive se découpe contre le ciel gris. Immobile. Un manteau de laine sombre, cher, coupé sur mesure. Une stature de propriétaire.

L'homme s'incline légèrement en avant. La lumière des projecteurs frappe son visage. Je le reconnais. Mon sang s'arrête. Mon cœur s'arrête. Ce n'est pas un fantôme. C'est le réel qui vient de me rattraper. C'est le visage du Diable. Vieilli, épaissi, mais c'est lui. Les mêmes yeux d'acier. La même mâchoire lourde.

— Tu n'as pas le droit d'être ici, dit-il calmement. Sa voix roule comme des graviers dans une bétonnière. C'est une zone interdite au public.

Il sourit. Un sourire de maître.

— Mais moi, je suis chez moi. C'est mon chantier, Philippe. C'est moi qui construis ce Belvédère, pourquoi es-tu venu ici et pas ailleurs ?

Il avance. Il ne craint pas le vide. Il marche sur les planches comme s'il marchait dans son salon. Je suis gelé. Mes pieds sont soudés au béton. Je ne peux pas reculer, je tomberais. Je ne peux pas avancer, il est là. Je suis l'insecte épinglé. Et lui… il est l'entomologiste.

— Je sais ce qu'Élia t'as fait, dit-il. Le nom claque dans l'air froid.

— Elle m'a tout dit. Ta chute. Les lettres. La rumeur. Il hoche la tête, presque admiratif.

— Elle a de l'instinct, cette petite. Elle a senti l'odeur. Tu sais, cette odeur que tu dégages depuis toujours… L'odeur de la viande.

Il s'arrête à deux mètres de moi. L'averse s'abat sur lui, trempant son manteau de laine et ruisselant sur son visage de pierre, mais il ne cille pas. Il semble insensible aux éléments.

— Tu as toujours été une victime, Philippe. C'est ta nature. C'est écrit dans tes os, dans ta façon de baisser les yeux, dans ta façon de trembler. Il écarte les bras, mains nues offertes au déluge, englobant la nuit, la ville, le monde.

— Il y a ceux qui mangent, et ceux qui sont mangés. C'est l'ordre naturel. Élia a faim. Elle s'est nourrie de toi. Je ne peux pas lui en vouloir. On ne reproche pas à un lionceau de faire ses dents sur une gazelle boiteuse. Elle a bien fait.

À l'intérieur de moi, le silence se déchire. Ce n'est pas un cri. C'est une détonation nucléaire. Mes organes fondent. Mon sang devient de l'acide pur. Je ne bouge pas. Pas un muscle. Mon visage est un masque de cire figé par la terreur absolue. Mais dedans… Dedans, je perds mon âme, je deviens Une chose noire, hurlante, qui gratte les parois de mon crâne jusqu'au sang. La douleur n'est plus une émotion, c'est une matière. Elle remplit mes poumons. Elle remplace l'air. Je brûle. Je suis un incendie vivant dans une statue de glace.

— Ne me regarde pas comme ça, dit-il doucement. Il se rapproche encore un peu. Il veut me voir. Il veut que je le voie. Il s'approche. Il entre dans ma zone de sécurité. Il me vole mon espace vital, comme avant. Comme toujours.

— Tu as oublié ? Moi, je n'ai jamais oublié.

Il est tout près. Je vois les gouttes de pluie sur ses cils. Je vois la texture de sa peau, les pores, les rides.

— J'ai gardé les souvenirs, Philippe. Précieusement. Sa voix baisse d'un ton. Elle devient intime. Obscène.

— J'ai particulièrement aimé cette dernière rencontre. Tu t'en souviens ? Dans la Serre ?

Il sourit. Un sourire tendre. Le sourire du boucher qui caresse l'agneau avant la saignée.

Je sens son souffle sur mon visage…

— Tu étais si beau quand tu as arrêté de te débattre. Quand tu as compris que tu m'appartenais.

Et là, l'odeur. Pas la pluie. Pas le béton. L'odeur. Ambrée. Musquée. Piquante. L'Eau de Cologne. La même. Exactement la même. Celle qui a imprégné mes vêtements ce jour-là. Celle que j'ai essayé de laver sous la douche pendant des heures, avec de l'eau brulante, jusqu'à me faire saigner la peau.

— T'es qu'une mer…

Le temps s'abolit. Le chantier disparaît. Les projecteurs deviennent le soleil cruel à travers les vitres sales. Je n'ai plus trente-trois ans. Je suis à l'école, et je rencontre un pilier, un vrai.

ACTE 6
— LA SERRE —
CHAPITRE 46

Je suis fait d'eau. Ma mère dit que je suis « hypersensible ». C'est un mot poli pour dire que je fuis de partout. Je n'ai pas de peau, j'ai une membrane perméable qui laisse passer la moindre variation de pression atmosphérique.

Le collège est un océan de requins, et moi, je suis une méduse. Pas de squelette. Pas de défense. Juste une poche transparente qui flotte au gré des courants.

Il est 10 heures. La récréation. Le moment que je redoute le plus, celui où la loi de la classe s'efface devant la loi de la jungle. Je suis adossé au mur du préau, essayant de me fondre dans le crépi beige. Je retiens mon souffle. Si je ne bouge pas, peut-être qu'ils ne me verront pas.

Mais ils me voient toujours.

— Hé ! La Fontaine !

C'est Antoine Sorel. Il arrive avec sa bande, une masse compacte de doudounes et de rires gras. Sorel est grand pour son âge. Il a des mains déjà larges, des mains de travailleur, sales de terre ou de cambouis. Il sent la laine mouillée et l'agressivité.

Il se plante devant moi. Il bloque le soleil.

— Tu pleures déjà ou faut qu'on t'aide ?

Il me pousse. Pas fort. Juste assez pour me faire vaciller, pour me rappeler que je ne pèse rien.

C'est le signal. Je ne lutte pas. Je ne sers pas les poings. Je fais ce que je sais faire de mieux : j'ouvre les vannes.

C'est immédiat. Une chaleur monte derrière mes yeux, ma gorge se noue, et les larmes jaillissent. Ce n'est pas de la tristesse. C'est un mécanisme de défense biologique. Je deviens liquide. Mon nez coule, mes yeux sont rouges, je hoquette bruyamment. Je suis morveux, laid, pathétique.

Sorel recule d'un pas, une grimace de dégoût sur le visage.

— Putain, t'es dégueulasse, Vasseur. On t'a à peine touché.

— C'est une fille, ricane un autre. Laisse tomber, il va nous inonder.

Ils s'éloignent. Ça marche à chaque fois. Ma lâcheté est mon bouclier. Personne n'a envie de frapper une flaque d'eau. Ça éclabousse, c'est sale, ça ne donne aucune satisfaction. Il n'y a pas de résistance dans l'eau.

Je m'essuie le visage avec ma manche, honteux mais sauf. Je renifle. Je déteste ce corps qui me trahit, cette incapacité à être solide. J'aimerais être une falaise. J'aimerais que les vagues se brisent sur moi. Mais je suis la vague.

Je lève les yeux vers le centre de la cour. Elle est là.

Lise Morlaix.

Elle est assise sur le banc vert, sous le marronnier. Elle est seule, comme moi. Mais sa solitude est différente. La mienne est une fuite ; la sienne est une forteresse.

Trois garçons de 3ème tournent autour d'elle. Ils lui tirent les cheveux, ils jettent son sac par terre, ils insultent ses vêtements trop larges, ses chaussures d'homme.

Lise ne bouge pas. Elle ne baisse pas la tête. Elle ne pleure pas.

Elle fixe un point devant elle, le dos droit, les mains posées à plat sur ses genoux. Elle est faite de granit.

Je la regarde, fasciné. Je vois les garçons s'énerver. Mon surplus de réaction les dégoûte, mais l'absence de réaction de Lise les enrage. Mes pleurs sont une soumission ; son silence est un défi.

— Tu vas chialer, la moche ? hurle l'un d'eux en lui donnant un coup de pied dans le tibia.

Lise ne cille pas. Elle encaisse le choc sans un son. Elle est statue.

Ils finissent par se lasser, frustrés de ne pas avoir trouvé la faille, de ne pas avoir vu la fissure. Ils partent en donnant un coup de pied dans son sac.

Lise attend qu'ils soient loin. Alors seulement, elle se penche. Elle ramasse son sac. Elle époussette la poussière avec des gestes lents, précis. Elle remet une mèche de cheveux derrière son oreille.

Je suis bouleversé. J'ai envie de lui parler. J'ai envie de toucher cette pierre pour voir si elle est chaude ou froide. J'ai envie de lui demander son secret. Comment fait-on pour que l'eau ne sorte pas ?

Je m'approche. Mes jambes sont molles. Je m'arrête à deux mètres du banc.

Elle lève les yeux vers moi. Ses yeux sont gris, clairs, immenses. Ils ne me jugent pas. Ils me scannent.

J'ouvre la bouche. Je veux dire : « Salut, tu es courageuse. »

— S-s-s... Sa… Sa…

Les cailloux sont là. Dans ma bouche. Ma langue bute contre mes dents, gonfle, bloque le passage. L'air ne sort pas. Je suis en apnée.

— S-s-lu… t-t…

Je deviens écarlate. La honte me brûle le visage. Je suis incapable d'aligner deux syllabes. Je ne suis pas seulement liquide, je suis aussi enrayé. Ma voix est cassée.

Lise me regarde. Elle ne rit pas. Elle ne termine pas ma phrase. Elle attend, patiemment, comme si elle avait toute l'éternité.

Mais je n'y arrive pas. Je baisse la tête, vaincu par ma propre gorge. Je fais demi-tour et je m'enfuis vers les toilettes pour pleurer tranquille.

Je m'enferme dans une cabine. Je m'assois sur la cuvette fermée. Je sors mon cahier de brouillon et mon stylo-plume.

J'aime mon stylo. C'est un Waterman bleu nuit. La plume est rigide, fiable. Sur le papier, je ne devrais pas bégayer.

Pourtant, ma main tremble. Je pose la plume sur la page blanche. L'encre fait un petit pâté bleu. Une tache. Comme moi.

Je veux écrire : « J'ai peur ».

Je trace le « J ». Je m'arrête. C'est trop nu. C'est trop laid. Écrire « J'ai peur », c'est avouer que je suis un lâche. Le mot me regarde et il me juge. Je le rature. Je gratte le papier jusqu'à le trouer.

Je veux écrire : « Je suis faible ».

Impossible. Ma main refuse d'avancer. C'est comme à l'oral. Les mots du réel sont brûlants. Je ne peux pas les toucher directement. Il me faut des gants. Il me faut un détour.

Je regarde le carrelage blanc des toilettes. Il est froid. Il est lisse. Je pense à la vitre de la classe, celle contre laquelle je colle mon front quand je veux disparaître.

Si je parle de géologie ou d'océan, je ne parle pas de Philippe Vasseur, le 4ème B qui chiale. Je parle de l'univers. C'est une ruse. Un déguisement pour faire passer ma faiblesse en contrebande.

Je recommence, plus bas sur la page. Je cherche une phrase qui sonne bien, une phrase « ampoulée » comme dans les livres que je lis pour m'évader. J'écris lentement, en détachant chaque lettre, comme si je gravais une épitaphe :

« L'océan n'a pas de colonne vertébrale… »

Ça va. Ce n'est pas moi. C'est l'océan. Je peux continuer.

« … il s'écrase sur la falaise parce qu'il ne sait pas se tenir debout. »

La phrase existe. Elle est sortie. Elle ne dit pas « Je n'ai pas de courage ». Elle dit une vérité poétique. Ça me rassure. C'est presque digne.

Je continue. Je pense à ma fluidité maladive face à la solidité de Lise. Je ne peux pas écrire « Tu es forte et je suis mou ». C'est humiliant. Alors je cherche autre chose. Les éléments. La matière.

« Je suis l'érosion liquide. Toi, tu es le granit. Je coule entre les fissures du monde pendant que tu restes. »

Les métaphores ne sont pas de la poésie. Ce sont des armures. Elles me permettent de dire l'horreur en la rendant belle, donc supportable. Je construis un labyrinthe de mots savants pour que personne ne voie le petit animal terrifié au centre. Si j'écris « érosion », je ne suis plus un pleurnichard, je suis un phénomène naturel.

Je relis. C'est prétentieux. C'est bizarre. Mais ça sort. Pour la première fois de la journée, quelque chose sort de moi sans être des larmes ou de la morve.

Je m'essuie les yeux. Je déchire la page. Je la plie en quatre, puis en huit, jusqu'à ce qu'elle soit minuscule. Un petit carré de papier inoffensif.

Je sortirai. Je la trouverai. Je ne parlerai pas. Je ne bégayerai pas.

Je lui donnerai le papier. Le papier a de la gueule, lui.

CHAPITRE 47

Le lendemain, je suis retourné à l'école avec mon petit carré de papier plié dans la poche. Il brûlait ma cuisse à travers le tissu de mon pantalon en velours côtelé.

J'ai passé la matinée à guetter le bon moment. La récréation était trop dangereuse, trop exposée. La cantine, trop bruyante. Il me fallait un terrain neutre, un lieu où le silence était la loi.

Le CDI.

À 13 heures, je m'y suis glissé. Lise était là, fidèle à son poste, assise à une table du fond, une pile de livres devant elle comme un rempart. Elle ne lisait pas vraiment. Elle montait la garde.

Je n'ai pas osé m'approcher d'elle directement. Si on me voyait lui parler, on se moquerait de nous deux. « Le pleurnichard et la moche », je pouvais déjà entendre les ricanements.

Alors j'ai fait semblant de chercher un livre dans le rayon juste derrière elle. Le rayon *Poésie.* J'ai sorti un recueil au hasard — *Les Fleurs du Mal* – et j'ai glissé mon papier à l'intérieur. Je l'ai reposé sur l'étagère, un peu de travers, pour qu'il dépasse.

Puis, en passant près de sa table, j'ai chuchoté, sans la regarder, d'une voix qui a miraculeusement tenu le coup :

— Baudelaire.

Je suis parti en courant, le cœur battant à tout rompre, persuadé que le monde entier avait vu ma manœuvre d'espion amateur.

Le lendemain, à la même heure, le livre dépassait toujours. J'ai cru mourir. Elle ne l'avait pas pris. Elle s'en fichait. J'étais ridicule.

Je me suis approché pour récupérer mon message et l'avaler, littéralement s'il le fallait, pour faire disparaître la preuve de ma bêtise. J'ai ouvert le livre.

Mon papier n'y était plus.

À la place, il y avait une feuille de classeur pliée en quatre. Une écriture ronde, ferme, sans ratures. Une écriture de fille qui sait où elle va.

Je l'ai lue caché derrière une étagère de dictionnaires.

« J'ai lu ton truc sur l'océan. C'est joli, mais c'est compliqué. Pourquoi tu te caches derrière des grands mots ?

Tu dis que tu es liquide pour t'excuser de pleurer. Mais l'eau, c'est fort. Ça creuse la pierre, à la fin.

Moi, je ne pleure pas, c'est vrai. Mais ce n'est pas parce que je suis en granit. C'est une tactique. Si tu pleures, ils sont contents. Ils ont gagné. Ils s'ennuient et ils vont chercher une autre cible.

Moi, je ne leur donne rien. Pas une larme, pas un cri. Alors ils s'acharnent. Ils restent sur moi. Je les retiens. Je les occupe. C'est ça, ma victoire. Je protège les autres en gardant les loups sur moi. »

J'ai relu la lettre dix fois. C'était… brutal. Pas de métaphores filées, pas d'effets de style. Juste des faits. *« Je les retiens. »* Elle se voyait comme un paratonnerre volontaire.

J'ai trouvé ça naïf. Héroïque, mais naïf. *« Je les occupe. »* Comme si c'était un travail.

J'ai sorti mon stylo. Je voulais lui répondre tout de suite. Je voulais lui montrer que moi aussi, j'avais des idées, même si je pleurais. Et surtout, je voulais l'impressionner. Je voulais que mes mots soient si beaux, si complexes, qu'elle soit obligée de m'admirer un peu, pour compenser le reste.

J'ai écrit :

« Ta stratégie est noble, mais elle est suicidaire. Tu te fais le rempart d'une citadelle vide. Tu crois les lasser par ton inertie, mais l'inertie fascine les prédateurs. Ils grattent pour voir s'il y a de la vie dessous.

La simplicité est une surface plane sur laquelle ils glissent sans s'accrocher. Il faut du relief. Il faut de l'architecture. Moi, je construis des cathédrales de brume pour m'y perdre, toi tu restes sur le parvis à te faire lapider.

Pourquoi ne pas entrer ? »

J'étais fier de ma « cathédrale de brume ». C'était chic. C'était littéraire. Sa réponse est arrivée le lendemain, glissée dans un Victor Hugo.

« "Cathédrale de brume" ? T'es sérieux ? On dirait un titre de mauvais roman de fantasy.

Arrête avec tes phrases tordues, Philippe. On n'est pas dans un livre. On est en 4ème B. "Tenir", ce n'est pas une métaphore. C'est serrer les dents quand Sorel me tire les cheveux. C'est un pas après l'autre.

Tes mots savants, c'est de la décoration. Ça fait joli, mais ça ne pare pas les coups. »

J'ai été vexé. Terriblement vexé. Elle se moquait de mon style. Elle trouvait ça « décoratif ». Mais en même temps… elle m'avait répondu. Elle m'avait appelé « Philippe », pas « le pleurnichard ».

Alors c'est devenu un jeu. Un duel.

Je lui écrivais des lettres impossibles, baroques, saturées d'adjectifs et de subjonctifs imparfaits, juste pour la faire râler. Je décrivais la purée de la cantine comme un *« magma amylacé aux relents de désespoir »*. Je parlais des surveillants comme des *« cerbères à l'haleine de tabac froid gardant les portes des Enfers scolaires »*. Elle me répondait avec des phrases courtes, cinglantes, terre-à-terre, qui dégonflaient mes ballons de baudruche en une ligne.

« C'est juste de la purée mousseline, Philippe. Mange et tais-toi. »

Mais parfois, au détour d'une phrase, elle ajoutait un smiley mal dessiné. Ou un *« Tu m'as fait rire avec ton Cerbère »*. C'est là que j'ai compris. Elle était la Terre. Solide, lourde, réelle. J'étais le Nuage. Vaporeux, changeant, insaisissable. On ne pouvait pas se mélanger, mais on pouvait se compléter. Quand il pleuvait trop fort dans ma tête, elle absorbait l'eau. Quand le sol était trop dur pour elle, je lui faisais un peu d'ombre.

On ne se parlait jamais dans la cour. On ne se regardait même pas. Mais dans les rayonnages du CDI, entre la poésie et le théâtre, une amitié fusionnelle était en train de naître, cachée dans le ventre des livres.

J'avais arrêté de pleurer. J'étais trop occupé à chercher des synonymes dans le dictionnaire pour ma prochaine lettre.

CHAPITRE 48

Le mercredi est devenu mon jour sacré. Une parenthèse temporelle où le monde cessait de mordre.

Dès la fin des cours, à midi, je ne rentrais pas chez moi. Je suivais Lise. Nous marchions côte à côte, sans nous toucher, mais reliés par un fil invisible, jusqu'à la rue des Orfèvres.

Chez les Morlaix, le temps n'avait pas la même densité qu'ailleurs. Il était rythmé par le *tic-tac* apaisant des cent horloges de la boutique et de l'atelier. Autrefois, Montreval était célèbre pour cela. C'était une ville d'engrenages, une cité qui donnait l'heure à toute la région. Mais les fabriques avaient fermé une à une, remplacées par le béton et les zones commerciales. Aujourd'hui, « L'Horlogerie Morlaix » était la dernière survivante, un îlot de résistance mécanique dans un monde devenu numérique. Ce *tic-tac* constant était le pouls d'un cœur qui refusait de s'arrêter, un cœur multiple qui battait pour nous.

La mère de Lise, Claire, était tout ce que ma propre maison n'était pas. Elle était la chaleur. Dès qu'on passait la porte, elle était là, essuyant ses mains sur son tablier, avec ce sourire qui plissait ses yeux gris. Elle ne nous demandait pas nos notes. Elle ne nous demandait pas si on avait été « forts ». Elle nous demandait si on avait faim.

Elle posait sur la table de la cuisine un gâteau encore chaud, du lait, du chocolat. Elle s'asseyait avec nous cinq minutes, juste pour nous regarder manger, rayonnante d'une bienveillance qui me donnait envie de pleurer, non de tristesse, mais de gratitude.

— Mange, Philippe, disait-elle en me poussant une part énorme. Tu es tout pâle. Il faut prendre des forces.

Je comprenais d'où venaient les textes de Lise. Sa solidité ne venait pas du vide, elle venait de cet amour inconditionnel, de ce terreau fertile. Lise était le granit parce que sa mère était la terre.

Et puis, il y avait le père. Jean.

Au début, il me terrifiait. C'était un homme de peu de mots, massif, toujours courbé sur son établi, l'œil vissé à sa loupe. Il semblait vivre dans un monde microscopique où nous n'avions pas notre place. Il portait sur ses épaules le poids de cette tradition horlogère disparue, comme s'il était le gardien d'un temple oublié.

Un mercredi de novembre, alors que Lise aidait Claire, je suis resté seul dans l'atelier. Je n'osais pas bouger. Sur l'établi, il y avait des pièces démontées. Des rubis minuscules, des ressorts fins comme des cheveux, des vis invisibles à l'œil nu.

Fasciné, j'ai tendu la main vers une petite pince brucelle. J'ai voulu saisir une vis posée sur le velours vert. Ma main, comme toujours, a commencé à vibrer. Cette maudite vibration de l'anxiété.

Alors, j'ai fait ce que je faisais toujours : j'ai bloqué ma respiration. J'ai raidi mon poignet, transformant mon bras en pierre pour stopper le tremblement. J'ai saisi la vis. Je l'ai tenue, suspendue dans le vide, parfaitement immobile, en apnée totale.

— Pose ça.

La voix de Jean a claqué. J'ai sursauté, lâchant la pince. La vis est retombée sur le velours. J'ai cru que j'allais me faire renvoyer. Que le sanctuaire allait se fermer.

Jean a relevé sa loupe. Il m'a fixé de ses yeux clairs, impénétrables. Il a pris ma main. Il l'a tournée, observant mes doigts longs et fins, mes phalanges pâles.

— Tu as vu comment tu as bloqué ton geste ? a-t-il demandé.

J'ai hoché la tête, honteux, attendant la réprimande sur ma nervosité.

— La plupart des gens, quand ils tremblent, ils s'agitent, a-t-il continué d'une voix grave. Ils luttent contre le mouvement et ils cassent tout. Toi, tu te figes. Tu arrêtes ton cœur pour que la main ne bouge plus.

Il a relâché mes doigts.

— T'as des mains d'horloger, gamin. T'es fait pour ce qui est minutieux. Pour ce qui demande de la retenue.

Je suis resté bouche bée. C'était la première fois de ma vie qu'on transformait mon défaut majeur en qualité. Mon inhibition n'était plus de la lâcheté, c'était de la précision. Ma peur de bouger devenait une compétence technique.

À partir de ce jour, il m'a laissé m'asseoir sur le tabouret à côté de lui. Il ne parlait pas beaucoup, mais il me montrait. Comment huiler un axe. Comment redresser un spiral.

Dans cet atelier qui sentait la cire et le métal froid, je n'étais plus le « pleurnichard ». J'étais l'apprenti. Je me sentais, pour la première fois, en sécurité absolue, protégé par les fantômes des horlogers de Montreval.

Les mercredis se sont accumulés, devenant des mois, puis des années.

Nous avons grandi dans cette bulle. Lise et moi avons traversé la tempête de l'adolescence en nous accrochant l'un à l'autre. Mes lettres sont devenues moins baroques, les siennes moins sèches. Nous avons appris à parler la même langue.

Le temps a glissé sur nous sans nous égratigner, jusqu'à la fin de la Troisième.

L'entrée au Lycée approchait. À Montreval, petite ville coincée dans sa vallée, le « Lycée » n'était pas un nouveau départ géographique. Il n'y avait qu'un seul grand bâtiment, ce vaisseau de béton gris qui dominait la ville, écrasant les vieux toits d'ardoise de sa modernité brutale.

Cette année-là, le vaisseau entamait sa mue. Des échafaudages métalliques commençaient à coloniser sa façade comme des attelles géantes. La mairie avait voté une rénovation massive, et faute de bâtiment de repli dans notre vallée encaissée, nous allions devoir cohabiter avec les marteaux-piqueurs. Les cours continueraient au milieu des gravats, dans un bâtiment à moitié éventré.

Le Collège était au rez-de-chaussée et au premier étage. Le Lycée était au deuxième et au troisième. C'étaient les mêmes murs, la même cour, la même odeur de craie et de désinfectant, désormais mêlée à celle, plus âcre, du ciment frais. Mais pour nous, monter d'un étage signifiait changer de monde. Nous allions devenir « les grands ». L'été de mes quinze ans, alors que nous regardions le bâtiment et ses blessures ouvertes depuis la grille, Lise m'a dit :

— On monte d'un cran, Phil. Plus haut, l'air est plus rare. Faudra serrer les rangs.

Je ne savais pas à quel point elle avait raison. Je ne savais pas que dans les étages supérieurs, au milieu de ce chantier permanent, les prédateurs étaient plus gros, plus souriants, et qu'ils portaient des costumes.

Je ne savais pas que le « Lycée » allait être le décor de notre fin.

CHAPITRE 49

Septembre avait une odeur de plâtre humide et de poussière de brique. Le lycée n'était plus un sanctuaire, c'était une plaie ouverte. Des bâches en plastique orange claquaient au vent dans les couloirs sans fenêtres, et le bruit des marteaux-piqueurs remplaçait les sonneries.

On nous avait parqués au deuxième étage, entre deux zones de chantier. Il fallait enjamber des câbles, éviter des seaux de peinture. C'était le chaos. Et le chaos, c'était ma terreur.

Ce matin-là, pendant l'interclasse de dix heures, le couloir principal a changé d'atmosphère. Le brouhaha des élèves s'est éteint, remplacé par un silence respectueux, presque craintif. Une délégation approchait.

Ils étaient cinq ou six. Des hommes en costumes gris, porteurs de casques de chantier blancs immaculés qu'ils tenaient à la main ou portaient avec une désinvolture étudiée. Au centre du groupe, il y avait le Chef.

Je ne savais pas son nom, mais tout le monde savait qui c'était. L'entrepreneur. Celui qui avait remporté le marché de la rénovation. Celui qui décidait quel mur tombait et quel mur restait.

Il était différent des autres. Plus grand, plus large. Il ne portait pas de cravate, juste une chemise blanche ouverte sur un cou puissant, et une veste de costume posée sur ses épaules comme une cape. Il rayonnait. Il avait ce charisme solaire et dangereux des hommes qui savent qu'ils prennent de la place, et qui aiment ça.

Il marchait au milieu du couloir, et les élèves s'écartaient comme la Mer Rouge. Il souriait. Il touchait le bras du Proviseur, il tapait dans le dos de l'architecte. Il était tactile. Il possédait l'espace et les gens.

Moi, j'ai fait ce que je faisais toujours : j'ai cherché à devenir le mur. Je me suis plaqué contre le crépi, rentrant les épaules, fixant mes chaussures, priant pour devenir invisible.

Le groupe est passé devant moi. J'ai senti le déplacement d'air. Une odeur de ciment.

Et puis, le mouvement s'est arrêté.

— Et bien, jeune homme ?

La voix était grave, chaude, amusée. J'ai relevé les yeux, contraint et forcé. Il était là. Il s'était arrêté juste devant moi, bloquant la délégation.

Il me regardait. Ses yeux étaient d'un bleu délavé, rieurs en surface, mais fixes au fond. Des yeux de chat qui vient de voir une souris bouger.

— On soutient le mur pour ne pas qu'il tombe ? a-t-il plaisanté.

Les hommes autour de lui ont ri. Le Proviseur a souri poliment. Moi, j'ai senti le sang affluer à mes joues. J'ai ouvert la bouche pour répondre, mais ma gorge s'est verrouillée.

— Je… heu… n-non…

Il n'a pas détourné le regard. Au contraire. Il s'est approché. Il est entré dans ma bulle. Il a posé sa main sur mon épaule. Une main lourde, chaude, une main d'étau. Il a serré un peu. Juste assez pour que je sente la force qu'il retenait.

— Redresse-toi, bonhomme.

Il a dit ça doucement, comme un conseil paternel. Mais ses doigts s'enfonçaient dans ma clavicule.

— Regarde-moi ça, a-t-il dit en se tournant vers le Proviseur, mais sans me lâcher. On dirait qu'il s'excuse d'être là. La colonne vertébrale, c'est comme le béton armé. Si ce n'est pas droit, ça casse.

Il m'a lâché l'épaule pour attraper le revers de ma veste en velours. Il l'a lissée, avec un geste de mépris déguisé en sollicitude.

— Et ce velours… c'est un peu triste pour un gamin, non ? On dirait un petit vieux avant l'âge. Faut prendre la lumière, gamin. Faut pas rester dans l'ombre.

Il me souriait toujours. C'était un sourire carnassier. Il avait vu ma terreur. Il avait senti ma « liquidité » sous ses doigts, et ça lui plaisait. Il me testait. Il appuyait sur l'insecte pour voir jusqu'où il pouvait s'enfoncer avant de craquer.

Je brûlais de honte. Je voulais disparaître, me dissoudre dans le sol.

— A-allez… en c-cours… ai-je bafouillé, les yeux pleins de larmes retenues.

— C'est ça, a-t-il tranché en me tapotant la joue deux fois. Allez, file. Et tiens-toi droit.

Il s'est détourné, reprenant sa conversation avec le Proviseur comme si je n'avais jamais existé. La délégation s'est éloignée. Je suis resté collé au mur, tremblant, avec la sensation de brûlure de sa main sur mon épaule. Je venais de rencontrer un ogre déguisé en prince.

J'ai retrouvé Lise à midi, sur les marches du préau, loin des travaux. Je tremblais encore un peu. Elle, elle mangeait une pomme, imperturbable.

— T'as vu le type ? ai-je demandé, la voix encore instable. Le chef de chantier ?

— Le chef ? Ouais. Il a une tête à vendre des voitures volées en souriant. Il t'a parlé ?

— Il m'a… touché. Il a dit que je me tenais mal.

Lise a haussé les épaules, croquant dans sa pomme avec un bruit sec.

— C'est un type qui aime qu'on le regarde. Toi, tu baisses les yeux. Ça l'énerve. Les narcissiques, ils détestent les miroirs qui ne renvoient pas leur image.

Elle avait cette façon d'analyser le monde qui rendait tout logique, moins effrayant. Elle avait raison. J'ai respiré un peu mieux.

Un mouvement, plus loin dans la cour, a attiré mon attention. C'était Antoine Sorel. Il était avec sa bande habituelle, près du grillage. Mais il ne regardait pas ses potes. Il regardait vers nous. Vers elle.

Dès que Lise a levé la tête, il s'est détourné brusquement, donnant un coup de pied dans un caillou avec une exagération suspecte.

J'ai froncé les sourcils. Ce n'était pas la première fois que je remarquais ce manège. Depuis la rentrée, Sorel était… bizarre. Il ne venait plus nous insulter. Il ne renversait plus nos sacs. Il rôdait.

— Dis donc, ai-je lancé, un peu perplexe. Il a quoi, Sorel ? On dirait qu'il nous surveille. Il prépare un mauvais coup ?

Lise a suivi mon regard. Un petit sourire en coin, presque imperceptible, a étiré ses lèvres. Elle a posé sa pomme.

— Lui ? Non. Il ne prépare rien. Il est cuit.

— Cuit ?

Elle a eu un petit rire, un son clair qui détonnait avec son visage sérieux. Elle m'a regardé avec l'air de celle qui partage une blague énorme.

— C'est l'effet Lise Morlaix, Phil. Je suis devenue tellement parfaite, tellement stoïque, que la brute épaisse a eu un court-circuit. Il est tombé sous le charme.

J'ai écarquillé les yeux.

— Sorel ? Amoureux de toi ? T'es sérieuse ?

— Amoureux, je ne sais pas. Fasciné, c'est sûr. C'est comme King Kong avec la dame blanche. Il ne sait pas s'il veut me taper ou me donner ses gâteaux.

Elle disait ça sur le ton de la plaisanterie, avec cette ironie mordante qui était sa marque de fabrique. Mais j'ai vu. J'ai vu qu'elle ne le regardait pas avec le mépris habituel.

Elle a sorti de sa poche un stylo Bic mâchouillé. Un stylo bleu, basique. Pas le sien.

— Il l'a fait tomber hier en passant devant ma table, a-t-elle dit en faisant tourner l'objet entre ses doigts longs. « Par hasard ». Je ne lui ai pas rendu.

— Tu vas le garder ?

— Je vais le faire mariner un peu. Je vais le faire tourner en bourrique. On va voir combien de temps il tient sans son stylo fétiche avant de venir me supplier.

Elle a rangé le stylo dans sa trousse, avec un soin particulier, presque délicat.

J'ai regardé ma meilleure amie. Je n'ai ressenti aucune jalousie. L'idée même d'amour entre nous était absurde, nous étions du même sang, de la même espèce blessée. J'étais juste… surpris.

— Fais gaffe, Lise. C'est un requin, lui aussi.

— Non, a-t-elle répondu en fixant la silhouette d'Antoine au loin. C'est juste un chien qui a été battu et qui aboie pour faire peur. Je vais le dresser.

Elle a relevé le menton, défiant le monde, défiant Sorel, défiant Mercier et ses travaux. Elle semblait invincible.

Je ne savais pas encore que même le granit peut se fendre si on tape assez fort au bon endroit.

CHAPITRE 50

Le chantier n'en finissait pas. Il était devenu l'état naturel du lycée, une seconde peau de poussière et de bruit. Et Mercier faisait partie des meubles.

Il était là tout le temps. Officiellement, il surveillait l'avancée des travaux, il engueulait les chefs d'équipe, il déroulait des plans bleus sur des tables improvisées. Mais je savais qu'il avait une autre occupation. Il chassait.

Il m'avait repéré comme un prédateur repère l'animal boiteux du troupeau. Il ne me laissait jamais passer sans un mot, sans un geste. Au début, c'était devant tout le monde. Des remarques « viriles », des tapes dans le dos qui faisaient mal, des *« Alors, champion, on rase toujours les murs ? »*.

Mais très vite, c'est devenu clandestin. Il attendait que le couloir se vide. Il connaissait mon emploi du temps. Il savait que je traînais le dernier à la sortie des cours de français.

Un mardi après-midi, il m'a bloqué dans l'escalier C, celui qui était à moitié condamné par des bâches en plastique.

— Tu es pressé, Philippe ?

Il ne m'appelait plus « jeune homme ». Il utilisait mon prénom. C'était une intimité que je n'avais pas autorisée, mais contre laquelle je ne pouvais rien.

— J-j'ai cours…

— Tu as cours de quoi ? De fuite ?

Il a ri. Il s'est mis en travers de la marche. Il était immense. Son costume gris sentait le tabac froid et cette eau de Cologne entêtante qui me donnait la nausée.

— Je fais ça pour toi, tu sais, a-t-il dit en descendant une marche vers moi. Pour t'endurcir. Le monde, c'est pas pour les tendres. Et toi… mon Dieu, tu es tendre.

Il a prononcé le mot « tendre » comme s'il parlait d'un morceau de viande. Il a tendu la main. J'ai cru qu'il allait me frapper, alors je me suis figé, retenant mon souffle.

Il a posé sa main sur ma nuque. Ses doigts étaient chauds, lourds. Il a commencé à masser la base de mon cou. Ce n'était pas une caresse. C'était une pesée. Il tâtait le muscle, la peau, l'os.

— Regarde-moi ça… C'est du verre filé. Si on appuie, ça casse.

Il a appuyé. Son pouce s'est enfoncé dans ma chair, juste assez fort pour faire naître une douleur sourde, paralysante. Je n'ai pas bougé. Je n'ai pas crié. J'étais terrorisé, mais pire que la peur, il y avait la culpabilité.

Une voix dans ma tête me disait : *« C'est de ta faute. Tu es trop mou. C'est ta mollesse qui l'appelle. Si tu étais comme Antoine, il ne te toucherait pas. »*

Je me sentais complice de mon propre écrasement.

Il m'a lâché brusquement, comme on rejette un objet décevant.

— Allez, file. Va te cacher.

Je suis parti en courant, frottant mon cou comme pour arracher l'empreinte de ses doigts.

Je ne pouvais pas le dire. Les mots étaient sales. Dire *« Il m'a touché le cou »*, ça sonnait faux, ça sonnait ridicule. Ce n'était « rien ». Juste une main. Juste un conseil d'adulte. Mais mon corps savait que c'était une effraction.

Alors, je suis retourné au refuge. Au CDI.

Lise était là, cachée derrière une pile de *National Geographic*. Je me suis assis en face d'elle. Je tremblais tellement que mes dents claquaient.

Elle a baissé son magazine. Elle a vu ma pâleur, la sueur sur mon front.

—Phil? Qu'est-ce qu'il y a ?

J'ai ouvert la bouche. Le bégaiement était là, un mur de briques dans ma gorge. Je ne pouvais pas sortir le son. La honte me scellait les lèvres. Comment dire à une fille forte que je me laissais toucher par un homme parce que j'avais peur ?

Par réflexe, j'ai attrapé mon cahier de brouillon. C'était notre rituel de survie : quand ma voix se brisait, ma main prenait le relais. Lise avait déjà lu des pages entières sur le Gardien. Je lui avais décrit ses intrusions, ses mots qui coupaient comme des rasoirs, cette façon qu'il avait de me traquer dans les couloirs. Elle savait tout de la pression mentale. Mais je n'avais jamais écrit qu'il me touchait. La barrière physique n'avait jamais été franchie sur le papier.

J'ai pris mon stylo. Ma main vibrait, mais l'encre a commencé à couler. J'ai écrit, vite, fébrilement, pour expulser le poison avant qu'il ne me tue.

Je n'ai pas décrit la scène. C'était trop cru. J'ai mis des formes. J'ai mis de la brume.

« On ne voit pas la vitre, on sent seulement le froid quand on s'y colle. Je suis né du mauvais côté de la transparence. Ici, l'air est raréfié, il a ce goût de poussière et de craie qui assèche la gorge. Je regarde les autres, dehors, ceux qui respirent sans y penser, ceux qui marchent sans craindre de se cogner à l'invisible. Moi, je suis l'insecte idiot, celui qui bourdonne contre la surface lisse jusqu'à l'épuisement, fasciné par une lumière qu'il ne pourra jamais toucher. Mes ailes sont froissées, non pas par le vent, mais par l'étroitesse de la cage.

Le Gardien veille. Il n'a pas besoin de barreaux, il a sa colle. C'est une substance silencieuse, faite de regards qui vous fixent jusqu'à la paralysie, de mots tranchants comme des scalpels qui dissèquent vos fautes avant même que vous ne les commettiez. Il est l'araignée au centre de la toile, immobile dans son costume strict. Il attend que je bouge, que je vibre un peu trop fort, pour resserrer les fils. Il ne veut pas me tuer, c'est trop rapide. Il veut me voir me débattre au ralenti, conservé dans le formol de son autorité, exposé comme un trophée de ce qu'il a brisé.

Alors il ne reste que la chute. C'est la seule liberté de l'objet cassé. Je rêve du bruit que fera le verre en explosant. Ce sera un son magnifique, un cri minéral, une symphonie de tessons qui prouvera enfin que la cloison existait. Si je casse, est-ce que le Gardien aurait peur ? Est-ce que les éclats lui couperaient les mains ? Ces mains qui ne se contentent plus de tisser la toile, mais qui se referment désormais sur moi. Mon épaule brûle encore de sa pesée, de cette façon glaciale qu'il a eue d'écraser ma chair contre l'os pour tester ma résistance.

S'il me brise pour de bon, balayera-t-il juste les débris du bout de sa chaussure cirée, comme on écarte un insecte mort qui tache le parquet ? »

J'ai poussé le cahier vers elle. Je n'ai pas osé lever les yeux. J'ai fixé mes mains posées sur la table, ces mains inutiles qui ne savaient pas se fermer en poing.

Lise a pris le cahier. J'ai entendu le froissement du papier. Le silence a duré une éternité.

Puis, j'ai senti sa main se poser sur mon poignet. Pas une main lourde. Une main fraîche, sèche, légère. Une main d'amie.

— Tu n'es pas de l'argile, Phil, a-t-elle chuchoté. C'est juste que tu n'as pas encore cuit.

J'ai relevé la tête. Elle ne souriait pas. Elle avait les sourcils froncés, et dans ses yeux gris, il y avait une colère froide qui ne m'était pas destinée.

Elle a pris son propre stylo et a écrit sous mon texte, en lettres capitales, comme un ordre de bataille :

« LA PROCHAINE FOIS QU'IL TE TOUCHE, TU DEVIENS PIQUANT. TU DEVIENS DU HOUX. MÊME L'ARGILE PEUT CONTENIR DES CAILLOUX. »

Le cahier a glissé plusieurs fois d'une main à l'autre, se noircissant de quelques phrases brèves. Elle l'a ensuite refermé avec un bruit sec. Elle ne m'a pas demandé de détails sordides. Elle avait compris l'essentiel : j'étais en danger, et ma propre faiblesse était la porte d'entrée. Mais je savais qu'elle avait tort sur un point. Je ne pouvais pas devenir du houx. Quand Mercier me touchait, je ne devenais pas piquant. Je devenais paralysé.

CHAPITRE 51

Décembre est arrivé comme une dalle de béton froid posée sur le lycée. Les jours ont raccourci, la lumière a baissé, et les travaux ont redoublé d'intensité, comme si le bâtiment lui-même essayait de se refermer sur nous avant l'hiver.

Mercier ne se cachait plus. Il avait fait du lycée son territoire de chasse exclusif. Il avait un trousseau de clés. Un énorme trousseau qui tintait à sa ceinture à chaque pas. *Cling. Cling.* Ce bruit est devenu ma bande-son de l'angoisse. Il ouvrait les portes condamnées, il entrait dans les salles de classe pendant les cours « pour vérifier une fissure », il surgissait au détour d'un couloir bâché.

Il était le maître des lieux. Il était le Gardien des portes.

La semaine avant les vacances, l'étau s'est resserré jusqu'à l'étouffement. Ce n'était plus seulement une main sur l'épaule. C'était une présence constante, physique, asphyxiante. Un soir, à 17 heures, alors que la nuit tombait déjà, il m'a coincé dans le couloir de l'aile Nord, celle qui était vide. Il a verrouillé la porte de l'escalier derrière nous. *Clac.*

— Tu as l'air fatigué, Philippe. Tu fonds.

Il m'a poussé contre une vitre. Pas violemment. Juste avec son poids. Il m'a collé contre le verre froid. J'étais pris en sandwich entre sa chaleur écœurante et le gel de la nuit.

— Tu sais ce que tu es ? m'a-t-il chuchoté, son haleine de tabac contre mon oreille. Tu es transparent. Je vois à travers toi. Il n'y a rien dedans. Juste de la peur.

Il a tracé une ligne sur ma joue avec son index, comme s'il essuyait une tache.

— Personne ne te verra jamais, Philippe. Tu n'existes que parce que je te regarde. Si je détourne les yeux, tu disparais. Tu es un insecte qui bourdonne contre la vitre.

Il m'a laissé là, glissant le long du verre, vidé de toute substance. Le lendemain, je n'en pouvais plus. Je voulais que ça s'arrête. Je voulais « casser le verre ». J'ai pensé au vide. J'ai pensé à la fenêtre du troisième étage, celle qui donnait sur le chantier.

Je me suis réfugié au CDI. J'ai pris une feuille à carreaux, arrachée brutalement à mon cahier. J'avais besoin de hurler, mais ma gorge était morte. Alors j'ai hurlé avec mon stylo. J'ai écrit la lettre. Celle de la fin. J'ai écrit pour Lise, pour qu'elle comprenne pourquoi j'allais partir. J'ai mis des mots sur mon bourreau. Je ne l'ai pas nommé. Je l'ai appelé par sa fonction.

« Le Gardien veille. »

J'écrivais avec rage, creusant le papier.

« Moi, je suis l'insecte idiot… Demain, je sauterai. Juste pour voir si, en tombant, je pèse enfin quelque chose. »

J'ai plié la feuille. Je tremblais de tout mon corps. C'était fini. J'avais posé ma démission sur la table. J'ai trouvé Lise à la récréation de 10 heures. Elle était assise sur notre banc, emmitouflée dans son écharpe grise. Je lui ai tendu le papier sans un mot.

Elle l'a pris. Elle l'a lu.

J'attendais qu'elle pleure. J'attendais qu'elle me prenne dans ses bras, qu'elle me supplie de rester, qu'elle me dise que je comptais. J'attendais de la pitié.

Mais Lise ne pleurait pas.

Elle a relevé la tête. Ses yeux gris étaient secs, durs comme des silex. Elle avait les mâchoires serrées. Elle m'a regardé avec une intensité qui m'a fait reculer d'un pas.

— Tu es con, Vasseur, a-t-elle dit d'une voix blanche.

Elle a posé la lettre sur ses genoux. Elle a sorti son stylo. Elle n'a pas cherché une feuille vierge. Elle a écrit directement sur mon propre carnet, en bas, sous mes exercices de langue. Elle a écrit avec force, rayant presque le papier.

Elle s'est levée et m'a rendu le cahier.

— Tiens. Lis.

J'ai baissé les yeux. Son écriture était une morsure.

« T'as le droit d'avoir peur, mais t'as pas le droit de lâcher. Si tu lâches, ils gagnent. »

J'ai relu la phrase. *Si tu lâches, ils gagnent.*

Ce n'était pas une consolation. C'était un ordre. C'était un rappel à l'ordre du soldat qui flanche. Elle ne me disait pas « Je suis là », elle me disait « Bats-toi ». Elle a posé ses mains sur mes épaules. Elle m'a secoué.

— Tu m'entends ? Si tu sautes, tu lui donnes raison. Tu deviens « rien ». Tu veux être rien ?

J'ai secoué la tête, les larmes aux yeux.

— Non.

— Alors tu restes. Et tu parles, même un peu.

— Je… je ne peux pas… je bégaye…

— Alors tu écris. Tu vas voir le Proviseur. Tu vas voir tes parents. On s'en fout. Mais tu ne lui laisses pas la victoire.

Je l'ai regardée. Vraiment regardée. Sous son écharpe, elle était pâle, plus que d'habitude. Ses yeux étaient cernés de violet. Je savais pour sa mère. Je savais que le silence chez elle était d'une autre nature que le mien, celui de la maladie qui grignote une famille et l'espoir. Elle me portait à bout de bras alors qu'elle s'effritait elle-même.

— Et toi ? ai-je murmuré, trouvant un courage inattendu. Ta mère ? Ça va ?

Son masque de guerrière s'est fissuré, juste une seconde. Une ombre est passée dans son regard gris.

— C'est… difficile, a-t-elle avoué en baissant les yeux vers ses bottines. On attend. Les médecins ne disent plus grand-chose.

J'ai posé ma main sur la sienne, maladroitement. Sa peau était glacée.

— Toi non plus, t'as pas le droit de lâcher, Lise. Elle a besoin de toi. Accroche-toi. Pour elle.

Elle a relevé la tête, surprise, et un demi-sourire triste a étiré ses lèvres. Elle a serré ma main en retour, brièvement.

— On s'accroche tous les deux, alors. C'est le marché.

Quelque chose a basculé en moi. La phrase de Lise avait agi comme un électrochoc, mais cet échange sur sa mère m'avait redonné une place. Je n'étais plus seulement une victime, j'étais aussi un ami. Mourir, c'était perdre. Mourir, c'était laisser le Gardien rire en essuyant ses chaussures et abandonner Lise dans sa propre tempête.

J'ai pris une grande inspiration. L'air froid de décembre m'a brûlé les poumons, mais c'était de l'air. J'étais vivant.

— D'accord, ai-je soufflé.

— D’accord quoi ?

— Je parlerai.

— Quand ?

J’ai regardé le bâtiment gris, les décorations de Noël ridicules aux fenêtres. Je n’avais pas la force, pas tout de suite. Il me fallait du temps pour blinder mon armure.

— Après les vacances. Début janvier. Je le ferai en janvier. Promis.

Lise a souri. Un vrai sourire, fier.

— C’est bien. En janvier, on les explose.

Elle ne savait pas. Je ne savais pas.

Janvier allait arriver, mais ce ne serait pas moi qui exploserais.

CHAPITRE 52

Janvier est arrivé avec des dents de glace. Le froid n'était plus seulement dehors, il était dans la pierre du lycée, dans les rampes d'escalier qui brûlaient les mains, dans l'haleine blanche des élèves.

Moi, je n'avais pas froid. Je brûlais d'une résolution nouvelle.

Pendant deux semaines, je m'étais répété la phrase de Lise comme un mantra. *« T'as pas le droit de lâcher. »* Je l'avais écrite sur ma trousse, sur la couverture de mon agenda, sur la peau de mon poignet.

Je savais qu'elle aurait besoin de moi. La nouvelle avait circulé dans la petite ville pendant les vacances, feutrée et terrible : Claire Morlaix était morte. La « Terre » de Lise, son socle, avait disparu entre Noël et le Jour de l'An.

J'avais passé la fin de mes vacances à imaginer ce que je lui dirais. Je ne bégayerais pas. Je ne pleurerais pas. Pour une fois, c'était à mon tour d'être le granit. Je serais solide pour deux. J'allais la voir, je lui prendrais la main sans trembler et je lui dirais : *« Je suis là. Comme tu l'as été pour moi. »*

Je suis arrivé devant la grille à 7 h 50. Mon cartable était lourd, mais je marchais droit. Je me sentais prêt à soutenir le poids de son chagrin.

J'ai cherché le bonnet gris de Lise dans la foule. Je savais qu'elle serait changée, assombrie par le deuil de sa mère, mais je savais qu'elle serait là. Lise ne manquait pas l'école. Lise tenait, quoi qu'il arrive.

Elle n'était pas là.

J'ai avancé dans la cour. C'est là que j'ai senti l'anomalie. Le bruit. Il manquait le bruit.

D'ordinaire, le matin de la rentrée, c'est une explosion. On hurle, on se raconte les cadeaux, on compare les nouvelles baskets. C'est une cacophonie joyeuse et violente.

Là, le silence avait une densité physique. Il pesait sur les épaules. Les élèves formaient des petits groupes serrés, têtes baissées. Ils chuchotaient. Personne ne courait. Personne ne riait.

J'ai cherché du regard ceux qui faisaient habituellement la loi. La bande de Sorel. Maxime et Yassine étaient là, près du grillage. Mais ils ne bombaient pas le torse. Ils étaient blêmes, voûtés, comme s'ils avaient peur d'être vus.

Et surtout, il manquait le chef de meute. Pas d'Antoine Sorel.

Une angoisse liquide a commencé à monter dans mon ventre. J'ai marché vers Maxime. Pour la première fois de ma vie, j'allais vers eux sans qu'ils m'appellent.

— Elle est où ? ai-je demandé.

Je n'ai pas bégayé. L'urgence avait effacé la peur. Maxime a sursauté. Il m'a regardé avec des yeux ronds, des yeux d'enfant terrifié qui vient de voir le diable.

— Tu sais pas ? a-t-il chuchoté.

— Savoir quoi ? Elle est malade ? C'est à cause de l'enterrement de sa mère ?

Je savais que la cérémonie avait eu lieu l'avant-veille, le 6 janvier. Je n'avais pas osé y aller, par lâcheté, mais je pensais qu'elle reviendrait aujourd'hui.

Maxime a secoué la tête frénétiquement.

— Il l'a poussée, Vasseur.

La phrase n'a pas eu de sens. Qui ? Poussée où ?

— Sorel… a continué Maxime, la voix tremblante. Après l'enterrement. Au cimetière. Ils se sont engueulés et… elle est tombée.

Le monde s'est arrêté. Littéralement. Le ciel gris s'est figé. Les échafaudages du lycée se sont figés. Le sang dans mes veines s'est figé.

— Elle est à l'hôpital ?

Maxime a baissé les yeux vers ses chaussures.

— Elle est morte, Philippe. Et Antoine… les flics l'ont emmené.

Morte.

Le mot a frappé comme un marteau. Pas une métaphore. Un vrai marteau qui vous enfonce le crâne.

Lise. Mon granit. Ma cathédrale. Morte le jour où elle enterrait sa mère. Tuée par celui qu'elle essayait de dresser.

J'ai regardé mes mains. Elles tenaient la sangle de mon sac. Elles sont devenues blanches. Puis, elles ont lâché. Le sac est tombé par terre avec un bruit sourd sur le bitume gelé.

J'ai senti une fissure. Pas dans le sol. En moi. Une fissure immense, qui partait de la gorge et qui descendait jusqu'au ventre.

Lise était mon tuteur. Elle était la structure qui me tenait debout. Si le mur tombe, le toit s'effondre.

— Non… NON !

Le cri est sorti tout seul. Un cri d'animal blessé qui a déchiré le silence de la cour. Et après le cri, l'eau.

La digue a cédé. Tout ce que j'avais retenu, tout ce que j'avais « séché » pendant les vacances pour être fort pour elle, tout a été emporté.

Je suis tombé à genoux. Je n'ai pas essayé de me retenir. Je n'ai pas essayé de cacher mon visage dans mes mains.

J'ai pleuré.

J'ai pleuré comme je n'avais jamais pleuré, même quand ils me tapaient. Je hurlais. Je frappais le sol avec mes poings jusqu'à m'écorcher la peau. La morve coulait, les larmes m'aveuglaient, la salive m'étouffait.

Je redevenais liquide. Je n'étais plus qu'une flaque de douleur au milieu de la cour.

Autour de moi, personne n'a bougé. Personne n'est venu m'aider. Ils me regardaient m'effondrer, horrifiés, impuissants. Ils voyaient le survivant du duo se briser en direct.

Lise était partie. Elle avait rejoint Claire dans le noir. Et moi, je restais seul au milieu des loups, sans armure, sans voix, sans rien.

Une phrase tournait en boucle dans ma tête broyée, une phrase qui prenait un sens terrifiant :

« Si tu lâches, ils gagnent. »

Elle avait lâché. Et j'étais perdu.

CHAPITRE 53

Je cours.

Je ne cours pas pour m'enfuir. Je cours en direction des toilettes pour me cacher à l'abri des regards.

Mes pieds ne frappent plus le bitume gelé de la cour. Ils s'enfoncent dans la boue. Le décor a changé sans que je m'en aperçoive. Le froid de janvier a disparu, avalé par une chaleur moite, étouffante, une chaleur de jungle sous plastique.

Je ne suis plus dehors. Je suis dedans.

Je suis dans la Serre.

C'est le futur CDI, encore en chantier. Une cathédrale de verre et de métal posée sur le toit du lycée, un endroit interdit, suspendu entre ciel et terre. Ça sent le ciment et la peinture fraîche.

Je me cache derrière une pile de sacs de ciment. Je suis un animal traqué. Je respire par la bouche pour ne pas faire de bruit, mais mon cœur cogne si fort contre mes côtes que j'ai peur qu'il ne fissure ma poitrine.

Clic.

Le bruit d'une clé dans la serrure. Le bruit du Gardien.

Il entre. Il ne cherche pas. Il sait. Il marche droit vers moi, ses chaussures de cuir crissant sur la bâche plastique qui protège le sol. Il est immense. Il porte son costume gris, impeccable, qui jure avec la brutalité du chantier.

Je me recroqueville. Je veux devenir liquide. Je veux m'infiltrer dans le sol et couler jusqu'aux égouts.

— Tu croyais vraiment pouvoir te cacher, Philippe ?

Sa voix résonne contre les parois de verre. Elle est partout. Elle est dans ma tête et elle est devant moi.

Je lève les yeux.

Le visage de l'Ogre ondule. Une seconde, il a trente ans, la peau lisse, le sourire carnassier du prédateur en pleine force de l'âge. La seconde d'après, sous l'éclat d'un éclair qui déchire le ciel, il a cinquante ans, les traits épaissis, les yeux délavés par le temps.

Il pleut à l'intérieur de la serre. Je ne sais plus. Je suis un adolescent qui vient de perdre son ancre.

— Lise est morte, dit-il.

Il le dit comme on annonce la météo. Avec une indifférence qui est une obscénité.

— Elle était comme toi. Une erreur de construction. Trop fragile pour le gros œuvre.

Il s'approche. Il domine. Il m'écrase de son ombre.

— On ne construit pas sur du sable, Philippe. Et vous… vous êtes du sable. Toi. Elle. Juste bons à être piétinés pour faire du mortier.

Il me saisit par le col. Je ne me débats pas. Je n'ai plus de force. Lise a emporté ma force dans sa chute. Je suis une poupée de chiffon.

Il me pousse en arrière. Mon dos heurte quelque chose de dur. Une table de travail ? Une palette de parpaings ?

— Regarde-toi, murmure-t-il. Tu ne tiens même pas debout. Tu attends que je te casse. Tu le désires presque, n'est-ce pas ? Pour n'avoir plus rien à décider.

Il a raison. Je veux que ça s'arrête. Je veux qu'il finisse le travail. Je veux être détruit pour ne plus avoir à souffrir de l'absence de Lise.

Sa main trouve ma ceinture. Le bruit du cuir qui glisse est un déchirement.

— Ne bouge pas.

Je ne bouge pas. Je suis gelé.

Et là, ça commence. L'effraction. La douleur qui n'est pas une douleur, mais une annulation. Il m'ouvre. Il me vide. Il prend la place de ce que je suis.

Je ferme les yeux, mais la lumière est trop forte, et la pluie frappe chaque centimètre de ma peau.

Au-dessus de nous, un néon de chantier grésille. Une lumière blanche, crue, chirurgicale. Elle clignote. *Bzzzz. Bzzzz.*

Je fixe le néon. Il y a quelque chose dedans. Une tache noire dans le tube de verre. Un insecte.

Une mouche morte, piégée dans le gaz, collée à la paroi interne.

Je suis cette mouche. Je ne suis plus le garçon sur la table. Je suis là-haut. Je suis enfermé dans le verre. Je regarde la scène d'en haut, prêt à sauter dans le vide.

Je vois un corps d'adolescent désarticulé, pantin de viande. Je vois un homme massif qui s'acharne, méthodique, rythmé, comme un ouvrier qui plante un pieu.

Je n'ai pas mal. Je n'ai plus de corps. Je suis de la lumière froide. Je suis transparent. Je suis un souvenir.

Le temps s'étire, devient une matière gluante. Je sens la pluie glacée ruisseler sur mon visage, et je sens la sueur chaude de la Serre couler sur mon dos.

Les deux sensations se mélangent. Le froid et le chaud. La pluie et la sueur. Le présent et le passé.

L'Ogre halète. C'est un bruit de bête. Un grognement de satisfaction.

Ma main droite se referme. Elle ne trouve pas le vide. Elle trouve le froid.

Il s'arrête. Il se recule. Il se rhabille avec des gestes calmes, quotidiens. Il remet sa cravate en place. Il lisse sa veste.

Mes doigts se serrent autour du métal. C'est froid. C'est réel. C'est la seule chose réelle dans cet univers de fantômes.

Il me regarde. Je suis toujours là-haut, dans le néon, mais je le vois me regarder en bas. Je suis une chose sale jetée sur une bâche plastique.

Une barre de fer. Un fer à béton qui dépasse d'un pilier inachevé, oublié par les ouvriers. Rouillé, tordu, lourd.

Il sourit.

— Tu vois ? dit-il. Tu n'as même pas crié. Tu as aimé ça, l'obéissance.

Il s'approche de mon oreille. Son souffle sent le tabac froid et la mort.

— T'es qu'une mer…

Mercier voit mon regard changer. Il voit l'insecte sortir du bocal. Son sourire vacille.

Je ne lui laisse pas le temps.

Je hurle. Je recule d'un demi-pas.

Ce n'est pas un cri de pleurnichard. Ce n'est pas un cri d'enfant. C'est le cri de la structure qui cède. C'est le bruit du verre qui éclate.

Je balance mon bras avec toute la force de mes quinze ans de silence, avec toute la rage de mes trente-trois ans de honte.

La barre de fer siffle dans l'air et rencontre le crâne de l'Architecte.

CRAC.

Le bruit est mat. Écœurant. Définitif.

Ce n'est pas un bruit de chantier. C'est le bruit de la fin.

CHAPITRE 54

Le son n'est pas un bruit. C'est une couleur.

Il est rouge sombre, presque noir. Il a éclaboussé la nuit comme une giclée d'encre sur une page blanche.

La barre de fer vibre encore dans ma paume. Elle chante. Une note pure, longue, métallique. *Liiing.* C'est la seule musique qui reste. Tout le reste s'est tu.

La pluie ne tombe plus. Elle est suspendue. Des perles de verre en apesanteur autour de moi.

Devant moi, la verticalité a cessé d'exister. L'Architecte n'est plus une tour. Il est devenu un tas. Il s'est effondré comme un château de cartes soufflé par un enfant en colère.

Je regarde mes mains. Elles ne sont plus liquides. Elles sont faites de rouille et de nuit. Je ne tremble pas. C'est étrange de ne pas trembler. C'est comme si le monde entier tremblait à ma place pour que je puisse rester immobile.

Le corps au sol est une forme abstraite. Une flaque sombre s'élargit sous la tête. On dirait de l'huile de vidange.

Je lâche la barre.

Elle tombe au ralenti. Quand elle heurte le béton, le son me revient. Brutal.

CLANG.

Le monde redémarre en accéléré. Le vent hurle de nouveau. La pluie me cingle le visage. Une main me saisit l'épaule et me propulse en arrière.

— Philippe !

Je cligne des yeux. Un visage est devant moi, tout près. Buriné, mouillé par l'averse, les yeux clairs brûlants.

Jean.

— Regarde-moi !

Il me secoue. Je suis une poupée molle.

— Jean… ai-je soufflé. L'Ogre… j'ai tué l'Ogre…

Il ne regarde pas le corps tout de suite. Il me regarde moi. Il a le souffle court, comme s'il avait couru.

— Je te suis depuis l'atelier, dit-il, sa voix couverte par le vent. Je t'ai vu sortir comme un fou. Je t'ai vu grimper ici.

Il serre mon revers de veste à m'étouffer.

— Je croyais que tu montais pour sauter, imbécile ! Je croyais que tu allais faire une connerie, que tu allais te briser en bas !

Il me lâche brusquement pour se tourner vers le tas de vêtements noirs. Il s'accroupit dans la boue. Il pose deux doigts sur le cou de Mercier.

Le temps s'étire. Jean retire sa main. Il essuie ses doigts sur son pantalon.

Il se relève lentement et fixe le cadavre avec une sorte de stupeur technique.

— Je suis venu pour t'empêcher de mourir, murmure-t-il, presque pour lui-même. Je n'aurais jamais pensé que tu serais capable de… de jeter la pièce toi-même. Je te parlais de te soigner, Philippe, d'accepter d'être cassé pour te reconstruire… pas de ça.

Il me lance un regard indéchiffrable. Il y a de l'horreur, oui, mais aussi une forme de reconnaissance brutale. J'ai fait ce qu'il m'avait dit dans l'atelier. J'ai remplacé. J'ai jeté ce qui ne marchait plus. Sauf que je l'ai fait avec une barre de fer.

— Il est mort, dit-il.

La phrase est courte. Un constat. Un rapport d'expert.

Je recule d'un pas. Je vais vomir.

— Tais-toi, ordonne-t-il en voyant ma bouche s'ouvrir.

Il m'attrape de nouveau, me tirant vers lui pour que je ne regarde plus la chose au sol.

— Tu m'écoutes ? Tu pars. Maintenant.

Il pointe le doigt vers l'horizon, vers les toits d'ardoise noyés dans la nuit.

— Tu ne cours pas. Tu marches. Tu prends les petites rues. Pas de lumière. Pas de témoins.

— Tu savais… tu savais qu'il était là ?

— Je n'en savais rien ! Je te suivais toi ! Allez, file !

Il me secoue une dernière fois.

— Tu vas à l'atelier. Prends cette clé !

Je la glisse dans ma poche. Le métal froid. Oui.

— Entre. Ne touche à rien. N'allume pas. Assieds-toi dans le noir et tu m'attends.

— Et… et lui ?

Je regarde le corps.

Jean fait un pas de côté, devenant le mur qui cache l'horreur.

— Je m'occupe du chantier. Toi, tu disparais.

— Mais…

— Ligne droite ! hurle-t-il. Ligne droite, Philippe ! Si tu dévies, c'est fini.

Il me pousse vers l'échelle.

Je descends. Je ne sens pas les barreaux. Je suis un fantôme.

En bas, je me retourne une dernière fois. Là-haut, sous les projecteurs aveuglants, Jean est debout à côté du corps. Il ne regarde pas le mort. Il regarde sa montre.

Il remonte le temps. Ou il l'arrête pour moi.

Je me tourne vers la nuit. Je marche. Ligne droite. Vers l'atelier. Vers le seul endroit où l'on répare ce qui est cassé.

ÉPILOGUE
L'OR DES CICATRICES

Le lycée n'avait pas changé de couleur, mais il avait changé de poids. L'air y était moins dense, débarrassé de cette électricité statique qui, pendant des mois, avait fait se dresser les poils sur les bras et claquer les portes.

C'était un calme d'après-tempête. Un calme de décombres rangés.

Marianne Dubois était assise au centre de la petite salle du rez-de-chaussée, cet endroit hybride que l'administration tolérait et que le corps enseignant avait fini par baptiser « le Club ». Pour ses collègues, c'était surtout devenu une aubaine, un déversoir bien commode. Dès qu'un gamin soufflait trop fort en cours, qu'il contestait une note ou qu'il fixait le tableau avec trop d'insolence, la sentence tombait, soulagée : « Allez, va chez Dubois. »

C'était la nouvelle salle de retenue, celle qui ne disait pas son nom, la salle 104 où l'on entassait les inadaptés pour avoir la paix en classe. Marianne ne s'en offusquait pas. Elle prenait tout : les exclus, les punis, les encombrants.

Sur la table, devant elle, il n'y avait pas de livres, pas de fiches cartonnées, pas de listes de présences. Il y avait ses lunettes.

Elle les avait posées là, verres contre le bois. Elle ne les portait plus. Elle avait fini par accepter que le flou faisait partie du monde et qu'il ne servait à rien de s'abîmer les yeux à chercher une netteté qui n'existe pas.

Son visage, nu, offert à la lumière crue de février, avait vieilli de dix ans en quelques semaines. Les cernes sous ses yeux n'étaient plus de la fatigue, c'était de l'encre indélébile. Elle se trouvait laide, et pour la première fois de sa vie, cela ne l'inquiétait pas. Elle se trouvait réelle.

Elle avait cessé de chercher des personnages.

Elle avait pourtant cherché Philippe. Avec une frénésie coupable, dans les jours qui avaient suivi la nuit de l'orage. Elle était retournée rue des Lilas, elle avait frappé aux volets clos, elle avait harcelé l'administration pour une adresse de repli, un numéro de famille, n'importe quoi.

Rien.

Philippe Vasseur s'était volatilisé. La maison était vide. Il était parti comme il l'avait promis : en s'effaçant. Marianne avait dû se résigner à vivre sans son absolution. Elle ne serait jamais l'héroïne qui sauve ; elle resterait celle qui a compris trop tard.

Dans le couloir, une ombre passa.

Marianne leva la tête. À travers la vitre de la porte, elle vit la silhouette.

Élia.

Elle portait un manteau noir, trop long, trop strict pour son âge. Le deuil lui allait comme une robe de sacre. Elle marchait le dos droit, serrant contre elle non plus des classeurs pour se protéger, mais le vide pour le posséder.

Tout Montreval savait désormais. Le nom s'était étalé en lettres grasses à la une de l'Écho du Val : Henri Mercier.

« Chute mortelle au Belvédère », disaient les journaux. On parlait d'un accident de chantier, d'une glissade malheureuse sous la pluie battante. D'autres, à voix basse dans les cafés, murmuraient le mot « suicide ». On disait que le promoteur avait eu des dettes, des pressions, qu'il avait voulu en finir du haut de sa propre tour.

Personne ne savait la vérité. Personne ne savait qu'une barre de fer avait chanté cette nuit-là.

L'Architecte était mort, mais il avait laissé ses fondations à sa fille. Élia n'était plus une lycéenne ; elle était l'héritière. Une orpheline riche et glacée, seule au sommet d'un château vide.

Élia tourna la tête. Leurs regards se croisèrent à travers le verre. Il n'y eut pas de sourire. Pas de signe de main. Pas de cette fausse complicité qui avait empoisonné leur relation.

Élia la regarda avec une froideur absolue, mais sans mépris. C'était le regard d'un général saluant un autre soldat blessé du camp adverse. *« On a survécu »*, disaient ses yeux. *« Mais on est seules. »*

Puis elle reprit sa marche, royale, disparaissant vers l'escalier, vers les étages où elle régnait désormais sur un peuple de fantômes.

Marianne frissonna, mais ne baissa pas les yeux.

La porte s'ouvrit.

Antoine Sorel entra. Il portait un carton dans les bras. Il semblait plus grand, ou peut-être était-ce juste qu'il ne se voûtait plus. Il avait arrêté de s'excuser auprès d'elle.

Derrière lui, un vieil homme entra. Il marchait lentement, inspectant le plafond, les murs, comme s'il vérifiait la solidité de la structure. Il tenait une mallette à la main.

Jean Morlaix.

C'était la première fois qu'il remettait les pieds ici. La première fois qu'il revenait au lycée depuis la chute de Lise. Il était pâle, sa mâchoire était serrée à en craquer, mais il avançait.

Il ne regardait pas Marianne. Il ne regardait pas Antoine. Il regardait l'espace. Il apprivoisait le monstre de béton.

Les quelques élèves présents — des « cassés », des silencieux, ceux qui ne trouvaient pas leur place à la cafétéria — levèrent la tête, intrigués par ce duo improbable : le manœuvre et l'horloger.

Antoine posa le carton sur la table centrale. Il regarda le groupe. Il n'avait pas préparé de discours. Il n'avait pas de mots savants.

— Bonjour, dit-il simplement. Aujourd'hui, on ne va pas jeter.

Il sortit de sa poche un petit pot de laque et un sachet de poudre dorée.

— On a l'habitude de cacher ce qui est moche. De mettre du blanc sur les ratures. De jeter ce qui est tombé.

Il fit un signe de tête à Jean. Le vieil homme s'approcha. Il posa sa mallette sur la table et l'ouvrit. À l'intérieur, des outils de précision, des pinceaux fins, et un objet enveloppé dans un chiffon.

Jean déballa l'objet. C'était un cadran de montre en émail blanc. Il était brisé en cinq morceaux. Des éclats tranchants, irréguliers.

Le silence se fit dans la salle. Un silence attentif, respectueux.

Jean ne parla pas tout de suite. Il prit un pinceau. Il mélangea la laque et la poudre d'or dans une petite coupelle. Ses gestes étaient lents, hypnotiques. Ils racontaient une vie de patience.

— Ça s'appelle le Kintsugi, dit-il d'une voix rocailleuse.

Il prit deux morceaux du cadran. Il appliqua la colle dorée sur la tranche.

— Quand un objet casse, on ne nie pas la cassure. On ne fait pas semblant qu'elle n'a pas existé.

Il assembla les pièces. Une ligne d'or apparut, brillante, magnifique, soulignant la blessure au lieu de la masquer.

— On répare avec de l'or. Pour dire que l'objet est plus précieux maintenant qu'avant. Parce qu'il a une histoire. Parce qu'il a **survécu**.

Marianne regardait les mains de Jean. Des mains larges, tachées, vivantes. Puis elle regarda celles d'Antoine, posées à plat sur la table, calmes.

Elle comprit ce qu'ils faisaient. Ils ne réparaient pas seulement une montre. Ils réparaient le lycée. Ils réparaient Montreval. Ils se réparaient eux-mêmes.

Vasseur avait voulu que tout soit transparent, invisible. Élia voulait que tout soit dur, lisse.

Eux, ils acceptaient les cicatrices. Ils acceptaient que ça se voie.

Jean colla le dernier morceau. Le cadran était reformé. Il n'était plus parfait. Il était traversé de veines d'or, comme une carte géographique d'un pays accidenté. C'était beau. C'était d'une beauté qui donnait envie de pleurer.

— Voilà, dit Jean en posant l'objet. Ça tient.

Il leva les yeux vers les élèves, puis, brièvement, vers Marianne.

Marianne prit une grande inspiration. L'air avait une odeur de colle et de poussière, une odeur d'école et d'atelier.

Dehors, par la fenêtre, on voyait les toits du village dégringoler vers la vallée. Montreval ne se posait toujours pas ; il se cramponnait.

C'était un village d'équilibriste, une coulée d'ardoise au bord du vide. Le verre avait explosé, oui. Le Gardien était parti. Tout le monde avait été coupé par les éclats.

Mais ceux qui restaient étaient là. Ils ramassaient les morceaux. Ils mettaient de l'or dans les failles.

C'était moche, c'était collé de bric et de broc, ça tenait avec des bouts de ficelle et de la bonne volonté maladroite.

Mais c'était vivant.

Et pour la première fois depuis très longtemps, Marianne se dit que cela suffisait.

LES SILENCES DU VAL

CONTINUENT

Vous venez de refermer *Les Sillons de Verre*. Le Gardien est tombé, le silence est revenu. Mais à Montreval, la paix n'est qu'une façade.

Tandis que chacun tente de se reconstruire, le sol lui-même commence à se dérober. Ce n'est plus le verre qui menace de couper, c'est la ville entière qui menace de s'ouvrir.

Quand les fondations sont bâties sur des mensonges, la chute est inévitable.

L'histoire continue dans le troisième volet :

III. Les Secrets du Vide

POURSUIVRE LA LECTURE

Que le livre soit déjà paru ou en cours d'écriture au moment où vous lisez ces lignes, ne manquez pas la suite de l'histoire.

Flashez ce code pour découvrir la disponibilité des Tomes suivants.

EditionsDouces.fr

—L'acier des mots, le velours des émotions—

REMERCIEMENTS

D'abord, merci à celles et ceux qui m'ont appris à **voir**. Pas à regarder ce que je voulais voir — mais à voir ce qui était là. La fissure sous le vernis, le tremblement derrière la rigidité, et surtout : le **non** derrière le silence.

Ce livre est plus sombre que le précédent. Il parle de nos bonnes intentions qui deviennent des prisons et de la violence feutrée de ceux qui veulent « sauver » sans écouter.

À mes proches

Merci de m'avoir sorti de mon bocal quand l'écriture m'isolait. Merci d'avoir toqué à la vitre, d'avoir ouvert les fenêtres pour chasser la buée, et de m'avoir rappelé que la vraie vie n'a pas besoin d'être une tragédie pour être intéressante. Merci pour la **patience**, ce ciment qui tient tout quand le reste s'effrite.

Aux lecteurs

Vous êtes revenus à Montreval, malgré la pluie et le béton gris. Merci d'avoir accepté de ne pas avoir de héros facile. D'avoir marché aux côtés de Marianne, même quand elle devenait étouffante. D'avoir regardé Philippe, même quand il était pathétique. D'avoir subi Élia, même quand elle glaçait le sang. Ce livre parle du **flou**. Merci d'avoir accepté de ne pas avoir toutes les réponses, et d'avoir compris que parfois, *casser* est la seule façon de *recommencer*.

À ceux qui ont voulu « réparer » les autres

Ce livre est pour vous. Pour nous. Merci à mes propres erreurs de m'avoir enseigné cette leçon brutale : on ne sauve personne contre son gré. Vouloir être le héros de l'histoire de quelqu'un d'autre, c'est souvent devenir son bourreau. Merci à ceux qui m'ont appris à **garder les mains dans les poches** quand il fallait juste être là, sans agir, sans prendre, sans diriger.

À ceux qui se tiennent trop droits (comme Philippe)

La rigidité n'est pas la force. C'est juste une façon plus spectaculaire de casser. Merci aux **failles**. C'est par là que la lumière rentre, et c'est par là que l'humanité respire. Ne cherchez pas à être du verre trempé ; acceptez d'être de l'argile. Ça tient moins bien, mais ça se recolle.

À Marianne, Philippe, Élia

Vous m'avez épuisé. Vous m'avez montré que l'enfer n'est pas toujours fait de flammes ; il est parfois fait de **bonnes intentions**, de **silences polis** et de **vitres trop propres**. Marianne, merci d'avoir posé tes lunettes. Philippe, merci d'avoir ouvert la main. Élia, merci d'avoir permis à la blessure de devenir un souvenir.

À Montreval

Merci à ce village imaginaire qui continue de suinter, de glisser, mais qui s'accroche. Merci à l'atelier de **Jean** et aux mains d'**Antoine**, qui nous rappellent que l'or ne sert pas qu'à briller : il sert à **joindre les bouts**.

À l'Orgueil et à la Solitude (personnages non crédités)

Vous étiez les vrais architectes de ce lycée. Merci d'avoir laissé la place, à la toute fin, à quelque chose de plus petit, de plus sale, mais de plus vivant : **l'humilité**.

Je referme ce livre comme on ramasse des débris : avec précaution. S'il vous reste une chose de cette lecture, que ce soit celle-ci : N'essayez pas d'être transparents. N'essayez pas d'être lisses. Soyez **fêlés**. C'est là que l'histoire s'écrit.

Merci d'avoir regardé, avec moi, ce qui se passait de l'autre côté de la vitre.

www.ingramcontent.com/pod-product-compliance
Lightning Source LLC
LaVergne TN
LVHW090552110826
845146LV00001B/105

9791097903763